丁立梅的阅读课III

草世界
花菩提

（彩色珍藏版）

丁立梅 著

人民东方出版传媒
東方出版社

图书在版编目（CIP）数据

丁立梅的阅读课 . Ⅲ，草世界，花菩提：彩色珍藏版 / 丁立梅著 . – 北京 ：东方出版社，2019.9

ISBN 978-7-5207-0946-0

Ⅰ . ①丁… Ⅱ . ①丁… Ⅲ . ①散文集 – 中国 – 当代 Ⅳ . ① I267

中国版本图书馆 CIP 数据核字 (2019) 第 057375 号

丁立梅的阅读课Ⅲ：草世界，花菩提（彩色珍藏版）

（DING LIMEI DE YUEDUKE Ⅲ :CAO SHIJIE,HUA PUTI）

作　　者　丁立梅
策 划 人　王莉莉
责任编辑　王莉莉　张　旭　张彦君
整体设计　门乃婷工作室
出　　版　东方出版社
发　　行　人民东方出版传媒有限公司
地　　址　北京市东城区朝阳门内大街 166 号
邮　　编　100010
印　　刷　小森印刷（北京）有限公司
版　　次　2019 年 9 月第 1 版
印　　次　2023 年 4 月第 3 次印刷
开　　本　700 毫米 ×960 毫米　1/16
印　　张　15
字　　数　130 千字
书　　号　ISBN 978-7-5207-0946-0
定　　价　46.00 元
发行电话　（010）85924663　85924644　85924641

人间四月天

草世界，花菩提

染教世界都香

光阴如绣，蔓草生香

附录

乡下的四月天，真是奢侈得不行，叫得上名儿叫不上名儿的植物们，都蓄着一股劲，开花的拼命开花，吐绿的拼命吐绿，没有哪一样，不是入得景上得画的。

人间四月天

春风暖

春风是什么时候吹起来的？说不清。某天早晨，出门，迎面风来，少了冰凉，多了暖意。那风，似温柔的手掌，带了体温，抚在脸上，软软的。抚得人的心，很痒，恨不得生出藤蔓来，向着远方，蔓延开去，长叶，开花。

春风来了。

春风暖。一切的生命，都被春风抚得微醺。人家院墙上，安睡了一冬的枝枝条条，开始醒过来，身上爬满米粒般的绿。是蔷薇。那些绿，见风长，春风再一吹，全都饱满起来。用不了多久，就是满墙的绿意婆娑。

路边树上的鸟，多。啁啾出一派的明媚。自从严禁打鸟，城里来了不少鸟，麻雀自不必说，成群结队的。我还看见一只野鹦鹉，站在绿茸茸的枝头，朝着春风，昂着它小小的脑袋，一会儿变换一种腔调，唱歌。自鸣得意得不行。

卖花的出来了，拖着一拖车的“春天”。红的、白的、紫的，晃花人的

眼。是瓜叶菊，是杜鹃，是三叶草。路人围过去，挑挑拣拣。很快，一人手里一盆“春天”，欢欢喜喜。

也见一个男人，弯了腰，认认真真地在挑花。挑了一盆红的，再挑一盆紫的，放到他的车篓里。刚性里，多了许多温柔，惹人喜欢。想他，该是个重情重义的人罢，对家人好，对朋友好，对这个世界好。

桥头，那些挑夫——我曾在寒风中看到他们，瑟缩着身子，脸上挂着愁苦，等着顾客前来。他们身旁放一副担子，还有铁锹等工具，专门帮人家挑黄沙，挑水泥，或者，清理垃圾。这会儿，他们都敞着怀，歇在桥头，一任春风往怀里钻，脸上笑眯眯的。他们身后，一排柳，翠绿。

看到柳，我想起那句著名的诗句：不知细叶谁裁出，二月春风似剪刀。把春风比喻成剪刀，极形象。但我却以为，太犀利了，明晃晃的一把剪刀，

“咔嚓”一下，什么就断了。与春风的温柔与体贴，离得太远。

还是喜欢那句，春风又绿江南岸。这里面，用了一个“绿”字，仿佛带了颜色的手掌，抚到哪里，哪里就绿了。《诗经》中有《采绿》篇章：“终朝采绿，不盈一匊。”说的是盼夫不归的女子，在春风里，心不在焉地采着一种叫绿的植物，采了半天，还握不到一把。我感兴趣的是，那种植物，它居然叫绿。春风一吹，花就开了，花色深绿。这种植物的汁液，可作染料。我想，若是春风也作染料，它的主打色，应该是绿吧。

而在乡下，春风更像一个聪慧的丹青高手，泼墨挥毫，大气磅礴。一笔下去，麦子绿了。再一笔下去，菜花黄了。成波成浪。

我的父亲母亲呢？春风里，他们脱下笨笨的棉袄，换上轻便的衣裳。他们走过一片麦田，走过一片菜花地，衣袖上，沾着麦子的绿，菜花的黄。他们不看菜花，他们不以为菜花有什么看头，因为，他们日日与它相见，早已融入彼此的生命里，浑然大化。他们额上沁出细密的汗珠，他们说，天气暖起来了。该丢棉花种子了。春播秋收，是他们一生中，为之奋斗不懈的事。

【真题链接】

1. 这篇文章写了哪些对象来展示春天之美？请简要作答。

2. 通读全文，说说标题“春风暖”中的“暖”应如何理解？

3. 请从修辞角度赏析下面的句子。

我还看见一只野鹦鹉，站在绿茸茸的枝头，朝着春风，昂着它小小的脑袋，一会儿变换一种腔调，唱歌。自鸣得意得不行。

4. 请从人物描写的角度赏析下面的句子。

这会儿，他们都敞着怀，歇在桥头，一任春风往怀里钻，脸上笑眯眯的。

5. 怎样理解文章末尾说“春播秋收，是他们一生中，为之奋斗不懈的事”？寄托了作者怎样的情感？

佳句摘抄

★春风是什么时候吹起来的？说不清。某天早晨，出门，迎面风来，少了冰凉，多了暖意。那风，似温柔的手掌，带了体温，抚在脸上，软软的。抚得人的心，很痒，恨不得生出藤蔓来，向着远方，蔓延开去，长叶，开花。

★春风暖。一切的生命，都被春风抚得微醺。人家院墙上，安睡了一冬的枝枝条条，开始醒过来，身上爬满米粒般的绿。是蔷薇。那些绿，见风长，春风再一吹，全都饱满起来。用不了多久，就是满墙的绿意婆娑。

★而在乡下，春风更像一个聪慧的丹青高手，泼墨挥毫，大气磅礴。一笔下去，麦子绿了。再一笔下去，菜花黄了。成波成浪。

【阅读有道】

语文学习，“读”占鳌头

每个学生都在阅读，结果却极为不同。有的人获益匪浅，有的人两眼茫然，有的人有滋有味，有的人兴味索然。

阅读目的、阅读习惯和阅读方法不同，结果自然千差万别。有些人只是“读过”，并没有“吸收”。我们应该提高自己选择、阅读书籍的能力，养成正确的阅读习惯，改进阅读的方法，提高阅读的效率。

如果成长是一棵树，那么书籍就是阳光，我们不仅仅要接收阳光，还要发生光合作用，把阳光变成自己的养分，把知识转化成自己的智慧，进行有效阅读。

有效阅读，就是从阅读中汲取思想的养分，获得生活的智慧，学会理解文本，欣赏语言、运用语言。比如，同样是丁立梅老师的《春风暖》，有的同学被她散文中的景致描写所打动，进而更加热爱生活，智慧地面对生活中的种种困难；有的同学从中看到了作者的旁征博引、信手拈来，从而对诗词有了进一步的审美修养；有的同学从中学会了比喻、拟人等修辞的妙用，学会了运用恰当而生动的语言来表现自己的生活。

语文学习，“读”占鳌头，怎么读，学问很大。

醉太阳

天阴了好些日子，下了好几场雨，甚至还罕见地，飘了一点雪。春天，姗姗来迟。楼旁的花坛边，几棵野生的婆婆纳，却顺着雨势，率先开了花。粉蓝粉蓝的，泛出隐隐的白，像彩笔轻点的一小朵。谁会留意它呢？少有人的。况且，婆婆纳算花么？十有八九的人，都要愣一愣。婆婆纳可不管这些，兀自开得欢天喜地。生命是它的，它做主。

雨止。阳光哗啦啦来了。我总觉得，这个时候的阳光，浑身像装上了铃铛，一路走，一路摇着，活泼的，又是俏皮的。于是，沉睡的草醒了；沉睡的河流醒了；沉睡的树木醒了……昨天看着还光秃秃的柳枝上，今日相见，那上面已爬满嫩绿的芽。水泡泡似的，仿佛吹弹即破。

春天，在阳光里拔节而长。

天气暖起来。有趣的是路上的行人，走着走着，那外套扣子就不知不觉松开了——好暖和啊。爱美的女孩子，早已迫不及待换上了裙装。老人们见着了，是要杞人忧天一番的，他们会唠叨：“春要捂，春要捂。”这是老经验，春天最让人麻痹大意，以为暖和着呢，却在不知不觉中受了寒。

一个老妇人，站在一堵院墙外，仰着头，不动，全身呈倾听姿势。院墙内，一排的玉兰树，上面的花苞苞，撑得快破了，像雏鸡就要拱出蛋壳。分别了一冬的鸟儿们，重逢了，从四面八方。它们在那排玉兰树上，快乐地跳来跳去，翅膀上驮着阳光，叽叽喳喳，叽叽喳喳。积蓄了一冬的话，有的说呢。

老妇人见有人在打量她，她不好意思地笑了，先自说开了：“听鸟叫呢，叫得真好听。”说完，也不管我答不答话，继续走她的路。我也继续走我的路。却因这春天的偶遇，独自微笑了很久。

一个年轻的母亲，带了小女儿，沿着河边的草坪，一路走一路在寻找。阳光在她们的衣上、发上跳着舞。我好奇了，问：“找什么呢？”

“我们在找小虫子呢。”小女孩抢先答。她的母亲在一边，微笑着认可了她的话。

“小虫子？”我有些惊讶了。

“我们老师布置的作业，让我们寻找春天的小虫子！”小女孩见我一脸迷惑，她有些得意了，响亮地告诉我。

哦，这真有意思。我心动了，忍不住也在草丛里寻开了。小蜜蜂出来了没？小瓢虫出来了没？甲壳虫出来了没？小蚂蚁算不算呢？

想那个老师真有颗美好的心，我替这个孩子感到幸运和幸福。

在河边摆地摊的男人，不知从哪儿弄来一些银饰，摆了一地。阳光照在那些银饰上，流影飞溅。他蹲坐着，头稍稍向前倾着，不时地啄上一啄——他在打盹。听到动静，他睁开眼，坐直了身子。我拿起一只银镯问他：“这个，可是真的？”他答：“当然是真的。”言之凿凿。

我笑笑，放下。走不远，回头，见他泡在一方暖阳里，头渐渐弯下去，弯下去，不时地啄上一啄，像喝醉了酒似的。他继续在打他的盹。春天的太阳，惹人醉。

【真题链接】

1. 文章重点写了阳光下的所见所闻，请根据内容，将下列小标题补充完整。

爱美的女孩→ ________ 的老太太→ ________ 的母女→ ________ 的男人

2. 第③自然段在全文中起什么作用?

3. 阅读第⑥自然段中画线的句子，说说“我”为什么会“独自微笑了很久”?

4. 请任选角度，说说下面这句话好在哪里。

院墙内，一排的玉兰树，上面的花苞苞，撑得快破了，像雏鸡就要拱出蛋壳。

5. 请结合全文，说说你如何理解文题中的“醉”。

佳句摘抄

★我总觉得，这个时候的阳光，浑身像装上了铃铛，一路走，一路摇着，活泼的，又是俏皮的。于是，沉睡的草醒了；沉睡的河流醒了；沉睡的树木醒了……昨天看着还光秃秃的柳枝上，今日相见，那上面已爬满嫩绿的芽。水泡泡似的，仿佛吹弹即破。

★院墙内，一排的玉兰树，上面的花苞苞，撑得快破了，像雏鸡就要拱出蛋壳。分别了一冬的鸟儿们，重逢了，从四面八方。它们在那排玉兰树上，快乐地跳来跳去，翅膀上驮着阳光，叽叽喳喳，叽叽喳喳。积蓄了一冬的话，有的说呢。

★走不远，回头，见他泡在一方暖阳里，头渐渐弯下去，弯下去，不时地啄上一啄，像喝醉了酒似的。他继续在打他的盹。春天的太阳，惹人醉。

【阅读有道】

我见青山多妩媚

南宋爱国词人辛弃疾在《贺新郎·甚矣吾衰矣》中这样写道："我见青山多妩媚，料青山见我应如是。情与貌，略相似。"这句词告诉我们，我们以怎样的心境看世界，世界也以怎样的心境看我们。因为丁立梅老师看青山多妩媚，所以，她的散文中，诗样的语言俯拾即是。我们在阅读丁立梅散文时，要培养自己看世界的"妩媚"之心，用"诗心"看世界，用"诗心"读文章，才能真切而实在地感受丁立梅散文中的"妩媚"之处。

文章开篇这样描写婆婆纳，"顺着雨势，率先开了花"，什么叫"顺着雨势"？婆婆纳会顺着雨势么？什么叫"率先开了花"？"率先开了花"与"开了花"有什么区别？在这里，下雨与婆婆纳开花是时间的先后关系，下雨后，婆婆纳开花了。其实不下雨，婆婆纳到时候也会开花。下雨与婆婆纳开花，更多的是巧合而已。但是在丁立梅老师笔下，婆婆纳开花，可不是随随便便开的，也不是到时候就开的，而是婆婆纳看见天下雨了，感觉开花——绽放生命的最佳时机到了，于是，就“顺着雨势”开了。自然之中，百花各有花季，各种花朵，到时候就会开放，但是婆婆纳却是性急了些，不甘“花后”，于是“率先开了花”。这婆婆纳，哪儿是简单的一种花？哪儿只是一朵没有思想没有喜怒哀乐的花？分明就是一个有着和人一样的欲望、和人一样的情感的生命！丁立梅就是这样怀着一种“妩媚”之心，用诗样的眼光打量这个世界，用诗样的语言描画这个世界。如果我们仅仅认为是运用了比喻，很生动很形象，怎么会入微地体会丁立梅文中的“妩媚”呢？

即使写一个摆地摊的中年男人，百无聊赖之中，在路边打盹，作者也是写得诗味十足。“他泡在一方暖阳里，头渐渐弯下去，弯下去，不时地啄上一啄，像喝醉了酒似的”。都说月华如水，在丁立梅笔下，阳光又何尝不如水？因为如水，这个中年男人才能“泡”，这暖阳，是“一方”的，极其形象地写出作者回首一看时候的感觉，如果写成

“只见阳光照着他”，那语言是一点诗味也没有了的。

文章之中，摆地摊的男人，醉的是太阳；作者呢，醉的是生活；我们读者，醉的则是文字，更是生活。

作者怎样如此诗意地写出了生活的庸常？她用“妩媚”之心看世界；我们怎样才能感受到如此诗意的生活？唯有用“妩媚”之心读文章、品生活。

倘如此，太阳醉人，文字亦醉人。

【经典赏析】

人间四月天

这个时候，眼睛里看到的，都是好的。怎么看，都是好的。

人间四月天哪。

我从窗户里一探头，就看见屋旁人家院子里的桃花。那里，梅已开过，桃花开始粉墨登场。只一棵树，算不得繁密，像国画大师随意挥毫，勾勒出那么几枝，风骨却立时显露出来。一小朵一小朵粉红的花，撑在上头，凌空远眺，眼波流转，顾盼生风。

我总要呆呆地望上一阵子，望得心里也开出花来。有好几次我都瞅见那户人家胖胖的妇人，在花树下拾掇着什么。妇人是个厉害的角色，常听她大着嗓门，在喝骂自家孩子，雷霆万钧。有一次，我还碰见她在小区门口跟人吵架，唾沫横飞，委实泼辣。这会儿一树的花，映得她整个的人，水粉水粉的。她变得温柔可亲，落到我的眼里，也像画了。

总觉得桃花这样的花，豁达得很，群居来得，独处也来得。成片的桃园，它们你挤我挨，铺天盖地，波澜壮阔，美得让人心慌意乱。然单单的一棵，也不显得冷落。乡村人家常常就长着这么一棵，四月天，它从屋后探出半个身子来，变魔术似的，掏出一朵花，再掏出一朵，无穷无尽，喷红吐粉。周围再多的麦绿花黄，也立即做了陪衬，只那半树的花，勾魂摄魄。

茶花开得就有些傻了。阳台上有一盆，从三月一直开到现在，越发开得无心无肺。瞧它盛开的架势，不把一个春天开完，是绝不罢休的。我有些惊讶的是它的凋谢，不是一瓣一瓣凋零，而是整朵整朵掉落。它算得上是花中真名士，即便谢了，也保持盛开的姿势。

也终于轮到垂丝海棠上台了，它擎着一树的花苞苞已等候多时。四月的东风一吹，它就满满地怒放了，红粉美艳，遮天蔽日。人在它边上走，有种锣鼓喧天鞭炮齐鸣的感觉。

让人产生这种感觉的，还有菜花。

菜花得去乡下看。

乡下的四月天，真是奢侈得不行，叫得上名儿叫不上名儿的植物们，都蓄着一股劲，开花的拼命开花，吐绿的拼命吐绿，没有哪一样，不是入得景上得画的。且不说桃花，不说梨花，不说杏花和苹果花，单单是野地里的那些蒲公英、一年蓬、婆婆纳和野菊花们，就足以晃花你的眼，你有些忙不过来了，不知道先看哪一样才好。

而成片的油菜花，简直让你的呼吸不能顺畅了。那种气势磅礴，那种淋漓尽致，那种不管不顾，只埋头拼命焚烧般的盛开，真真叫人忧伤得很了。美到极致的事物，往往总令人发愁，不知拿它们怎么办才好。站在菜花地里，你的眼睛被染得金黄。你的脸庞被染得金黄。你的头发被染得金黄。你的手，你的脚，你整个的人，无一不被染得金黄。你也成了菜花一朵。来吧！燃烧吧！让生命彻底地痛快一回。

惹看的，还有柳。有河的地方有。没河的地方也有。我见到一户人家屋前长柳，绿意轻染，让一幢小楼，变得秀气十足起来。古人喜折柳相赠，“柳条折尽花飞尽，借问行人归不归”。唉，为诗中人叹息，桃红柳绿时，最易相思。我想起牡丹花繁盛的洛阳城，多的是柳，街道两边，一棵伴着一棵。这四月天里，它们不定怎样的绿波纷扰，绊惹春风呢。

这个时候的春风，是可以煮着吃的。菜薹是香的。莴苣是香的。春韭是香的。还有蒜薹，烧肉是最好不过的，不吃肉，单拣那蒜薹吃了。烧鱼时若搁上一把蒜薹，鱼会变得格外的香，四月的好滋味，便在舌尖上缠绵。

绿

爱极了绿。

没有一种颜色，比绿更广阔更浩荡。

春天，花还没来，绿先远行。人们不远千里追去看草原，其实，是去看绿的。牛羊点缀在绿上，湖泊镶嵌在绿上。蒙古包像白花朵一样的，盛开在绿上。一望无际的绿，波涛翻滚的绿。让一颗奔波的心，只想欢唱，只想纵情一回。

废弃的百年院落，墙上，爬满绿；地上的砖缝里，渗着绿；屋顶上，绣着绿。那真的像是绣上去的，绒绒的，在黑的瓦片上。

一只猫，跳上院墙，碰翻了一墙的绿。它在墙头上回眸，眼睛里，汪着两潭绿水。看着，竟让人忘了惆怅。

这世上，最是万古不朽的，是绿。

有绿环绕，生的趣味，才源源不断。

是在秦岭，大山腹部，遇见一条绿的溪流。

真真是绿透了呀，像把满山的绿草绿树，都给揉碎了，榨出汁来，倒在里面。我惊诧得顿住脚步。想捧上那样的一捧绿，在口袋里放好。不为什么，只想随时摸摸，这生命的质地。

终于明白，亨利八世的爱情。他偶遇一个着绿衫的姑娘，立即为之神魂颠倒。宫廷华丽，美女如云，却难忘野外的绿袖子。小绿初开，在心里种出温柔来。怎能相忘！怎么相忘！于是，一曲《绿袖子》成了经典。

这是绿的魔力。

去西藏。好山好水地看过去，最难忘的却是纳木错。

高原之上，它不时地变着魔术，逗自己玩。天空是蓝的，它就是蓝的。天空是靛青的，它就是靛青的。天空是灰的，它就是灰的。

那天我去，恰好撞见一个绿的湖，碧绿的。像条绿丝带，飘拂于山峦之中。

之前，我因高原反应头疼欲裂，寸步难行。然等我看到它的刹那，我的所有不良反应，竟全都神奇般地消失。我跳下车去，奔向它。那飘向天际的绿丝带，跟山峦浑然一体，跟天空浑然一体，纯净安然。你只觉得灵魂被洗濯一遍，空灵，宁静，无所欲求。

湖旁堆着不少的玛尼堆。有的高得像座小山丘。藏人绕湖一圈，祈福，放下一粒石子。再绕湖一圈，祈福，放下一粒石子。如此循环，无有止境才形成这样的玛尼堆。而绕湖一圈，需要几十天的时间。这小山丘一样的玛尼堆，该叠加着多少双虔诚的脚印！为我的牛羊啊，为我的亲人啊，为这混沌的尘世啊，为了我的来生啊。他们信奉着心中的神，苦难，悲怆，欢乐，哀伤，都没有了。有的，只是他们眼睛里，平静的一抹绿，像湖水一般的绿。

生命本该呈现的，就是这样的平静啊。

在一个叫华阳的山区，看山民们制作神仙豆腐。

说是豆腐，其实与豆一点关系也没有，它完全是绿绿的树叶子制作而成。

树叫神仙树。过去饥荒年代，人们拿它救命，将叶子捣碎，取汁充饥。谁知那汁液竟十分的可口黏稠，绵软似豆腐。于是代代相传，它成了独特的民间小吃，取名神仙豆腐。

一对老夫妇，做这个已五十多年，靠这个养大他们的四个儿女。如今儿女们都很出息，但两位老人还是每天走远路，攀上山去，采来树叶，做神仙豆腐。他们说，做习惯了，一天不做，心里空得慌。

我看到他们把捣碎的汁液，倾倒到一块石板上。石板迅即像披了一件绸缎似的绿衣裳，那么绿，那么滑。待冷却后，切成手指宽的条条，凉拌，清香透了。

那一口一口的绿啊！人间美味，叫人感激。

去江南。随便一座古镇，深巷里闲逛，也总要撞见做青团子的。

那是取了青绿的艾蒿，碾碎，和了糯米粉，揉搓而成。看着做青团子，也是极有意思的。眼见着那一团一团的绿，在一双手上盘啊盘啊，就盘成了青团子，乖乖地在蒸笼里躺着，浑身绿得晶莹透亮。蒸笼上冒出的香气，竟也是绿的。

我爱看那些捏着青团子的手，或苍老的，或年轻的，无一不浸染着绿。深巷幽静，我的耳畔仿佛响着一支绿的情歌，咿咿呀呀，从千年的烟雨中，一唱三叹地，穿越而来。

看花

这时节，只要一有空闲，我就跑出去看花。

春天最不值钱的，就是花。

走在路上，我有君临天下的感觉，身边莺歌燕舞霓裳飘拂，后宫佳丽何止三千！人实在是有福气了，人并不知。我看路人走过花旁，一树樱花，一树桃花，还有几树海棠，那么沸沸的。他却视而不见，一径走了。我真是急，我恨不得拽住他，你看哪，你且看看哪，你就这么走了，多浪费！

也无须追到远处去，就在家门口转着吧，随便地一扭身，你也就能看到好。好是真的好。草都绿了，花都开好了，无一处不是欢欣鼓舞蓬蓬勃勃的。让你想到一个词，花样年华。季节可不正是到了它的花样年华时！

蒲公英在草地上眨巴着眼睛。这小家伙性格有点孤傲，少有成群结队的。它们撑着艳艳的小黄脸，东一朵、西一朵的。闲逛着玩儿。遇见，我也总是要向它行行注目礼。比方说，它在砖缝中。比方说，它在背阴的墙脚处。比方说，它在一截断墙上。我的内心，也总会引起一点小震动，生命的丰饶，原在生命本身，无关别的。

垂丝海棠开得顶烂漫，顶没心没肺的。春风也不过才吹了两吹，它们就跟商量好了似的，齐刷刷地冒出来，来开茶话会了。每根枝条上，都坐满了小花朵啊，手挽手、肩挨肩的，密密匝匝，盛况空前。

我走过它们身边，我老觉得它们在笑。一朵花先笑了，接着再一朵，再再一朵。然后，千朵万朵跟着笑起来，笑得花枝乱颤、云蒸霞蔚。

笑我吗？我扭头去望，不自觉地，也笑了。

油菜花开得就有些蛮不讲理了。它简直是泛滥，有一统天下的野心，成坡成岭，成海成洋。我走进一片油菜花地，老疑心耳边响着“嗒嗒嗒”的马蹄声，它是要揭竿而起吗？

乡下的房，这个时候，是顶幸福不过的了，被它左抱右拥着，像荡在黄金波上的一艘船。有人出来，有狗出来，有鸡出来，有羊出来，那“黄金波”就跟着划过一道道细细的浪。风吹油菜花。唉唉唉，你只剩叹息的份儿了。

如果逢着河，如果河边刚好长着一棵野桃树，那你就等着束手就擒吧，你是注定动弹不得的了。水映着一树的花，花映着一河的水，红粉缥缈。有人在河边钓鱼，你看着那人，又欢喜又恼恨。你觉得他是在钓桃花瓣，却又搅了鱼的清梦。鱼嚼桃花影哪，自然与自然相融相生，美到地老天荒。

看到一棵梨树，开出落雪的模样。我走过去，坐在树下，奢侈地发呆。一个信息忽然过来，是远方的一个读者，她说，梅子老师，这些日子我过得很不快乐，我是一个特别在乎别人评价的人，你有过这样的烦恼吗？

我仰头望望一树的花，笑了。低头回复她，这样的烦恼，从前我也有过，现在没有了，因为，我的活，完全是我自己的事。就像一朵花的开放，它从来没有去征求过谁的同意。风也管不着，鸟也管不着，灵魂便自由了。

荠菜卿卿

开过花的泥盆里，不知何时，竟冒出一棵荠菜来。等我发现时，荠菜已很荠菜的样子了，碧绿粉嫩，活活泼泼，直把我的花盆当故乡。我没舍得拔去，一任它自由生长，等着它开花。辛弃疾写，“春在溪头荠菜花”。在我，是春在泥盆荠菜花了。

因这棵荠菜，家里的对话又多了许多。常常是在茶余饭后，我和那人踱步过去，站定在花盆前，四只眼睛齐齐地，笑微微地看着这棵荠菜。荠菜肥嘟嘟的，像鼓着小嘴儿在吹气泡的小人儿。我唤它，荠菜卿卿。我们商量着，是不是摘下它来炒了吃。当然，这是说笑了，我哪里舍得？这棵荠菜里，住着我的故乡。看到它，心里总不由自主往上泛着亲切感，是恨不得拥抱的，惊喜交加地叫一声，是你啊！——是久别重逢。

对荠菜，是熟稔到骨子里的。乡下长大的孩子，有几个没跟荠菜亲过？过去，乡下人家改善伙食，用荠菜烧豆腐，就是一道美味佳肴了，会让孩子们幸福好几天。若是把荠菜剁碎了做馅，包成春卷，包成饺子，那更是不得了了，孩子们会因之雀跃，在村子里到处显摆，我家今天吃荠菜饺子了。

我还吃过荠菜烧的玉米粥。祖母爱这样烧，把荠菜剁得碎碎的，加上玉米粉，加上淀粉，再打点蛋清进去，烧出一锅的绿糊糊，香得缠牙。长大后看东坡逸事，看到东坡喜食用荠菜做成的羹，人称东坡羹，我笑了。我的祖母不知世上从前还有个苏东坡，她烧的荠菜玉米粥，应称作祖母羹了。

荠菜好吃，好吃在野。完完全全的天赐之物，吸尽天地之精华。初春，别的植物们才大梦初醒，正揉着眼睛恍惚呢，荠菜们早已生气勃勃，精力旺盛地绿着。在沟边，在田野里，在坡上，到处都可觅到它们青绿的身影。

觅？对。荠菜的性情有点像孩子的性情，天真可爱，自由自在，无拘无束。调皮的孩子是一刻也坐不住的，你不过才眨了一下眼，孩子便跑不见了，满天地撒着欢呢。乡下人对这，宽容得近乎宠溺。春风招摇，女人们提了篮子，四下里去挑荠菜，弯腰屈膝寻大半天，也才挑了小半篮子。她们不恼，笑嘻嘻的，心里欢喜得很。四野辽阔，天长云白，这寻觅的乐趣，让微波不荡的人生，变得活泼起来。

朋友家在郊外，有良田二三亩。这个春天，他邀我们去他家吃荠菜饺子。当一只只胖胖的荠菜饺子盛上桌，朋友无比自豪地介绍，放心吃吧，这是纯天然的，是我和我老婆两个人，伏在地里，一棵一棵挑出来的。

朋友这么说着时，他老实憨厚的妻，一直立在一边笑吟吟。我们心里，生出无限感慨来。当年，朋友爱上了别的女人，婚姻曾一度搁浅，几经曲折，到底回归了。看看，俗世的爱，就是这样的。亲爱的，我们一起挑荠菜去吧。

香菜开花

香菜开花，居然也那么好看——我是很有些惊奇的了。

照理说，我应该见过香菜开花的。从前的乡下，哪家没有这样的一畦菜蔬？用它凉拌云丝，或是萝卜丝，是顶好吃不过的。煮鱼或烧汤搁一点在里面，那鱼和汤，就香得不得了。乡下人叫它，芫荽。

花在乡野最容易被埋没，那是因为多。乡下几乎没有一种植物不开花。野蔷薇、紫云英和野菊花，一开一大片，把香气撒得到处都是，也无人去赏。农人们兀自在花旁劳作，浑然不觉。香菜开花，就更显得寂寂无闻。

然现在不同。现在，它是在我的花池里开了花，让我忽略不得。

院门前的花池里，曾入住过一拨一拨的植物。有我特意栽种的，像月季、美人蕉和海棠。也有主动跑来的，如狗尾巴草、婆婆纳、荠菜和一年蓬。我亦在里面种过扁豆，想有满池秋风扁豆花的。后来，扁豆果然蓬勃得不像话了。

只是，这棵香菜是什么时候来此安营扎寨的呢？不知。花池里本来长着一大丛茂密的海棠，都快把池子给撑破了。母亲来我家，看见，觉得浪费了，拔掉，栽上葱。母亲说："葱多好啊，家有葱花，做菜不求人的。"

葱却瘦，不情不愿的样子。每每看到它们，总让我觉得愧对它们，给它们浇淘米水，给它们施有机肥，还是不见它们茁壮起来。邻居看见，说：“这块地的肥力没了，怕是被原来那丛海棠给吸收了。”我想想，觉得有道理。从此，对它们不再过问。

那日，我站小院门口，和邻居闲话，一瞥花池，竟看到了香菜。这太让我意外了。我走近了，弯腰细看，可不就是香菜！一棵，安居乐业在我的花池里，端出一副碧绿粉嫩的好模样。电话问母亲：“可有帮我种过香菜？”母亲答：“没有啊。”这更让我欢喜了，好吧，我当它是风吹来的礼物。

一日一日，它勤勉生长。葱们渐渐退居一隅，花池成了它的天下。

忽一日，它就开花了。想来它是早就蓄谋好了的，先是悄悄抽长，个头变高，终于婷婷起来，枝叶纷披。而后，它悄悄积攒着米粒似的小花苞，绿的，与绿叶子混在一起，不细看，还真看不出。一俟时机成熟，它便当仁不让地全部盛开，一头一身，全是细白的小碎花，满天星似的。隔着清风看过去，叶疏花细，很像蓝印花布上歇着的那一朵朵。花中生花，五朵环抱，精巧秀气，每一朵，都当得了古典美。

于是，我有了一池的香菜花可赏。无论远观，无论近看，它都上得了台面，不比人们钟爱的兰花逊色。对着它，我有些感动，我们相识很多年了，我却是第一次见识它的花。从前的从前，它应该就是这么开着花的。以后的以后，它还将会这么开着花。有人赏，或无人赏，对它来说，又有什么关系呢？它只管顺应着自然的法则，一路走下去，让生命按着生命的顺序成长。

想起曾看到的一句话："花的开落，不为旁衬或装点，花只是花，开落只在开落本身。"这颇像我们的寻常人生，一生默默，不离不舍，无关繁华与冷落，只认真地活着自己的活。

任性的水仙

每年冬天，我都会去街上，买上一两盆的水仙回来长。这几成惯例。

倘若哪一年忘了买，心里会极不踏实，总觉得家里少了点什么。即便是到了年脚下，也还是要专门跑出去一趟买。满街的水仙都长高了，都打花苞苞了，有好多的都盛开了。花贩数着花朵卖。看，这棵上有五朵花苞，这棵上有六朵花苞。你真会挑，这么多花苞苞啊，搁家里，开起来多香哪。一朵三块钱，三五一十五，三六一十八，啊，算便宜点给你吧，两棵你就给三十块钱好了。花贩舌灿若莲。

我持着花，犹豫着，都长这么高了！都长这么高了！心里惋惜着。

我其实，更想买到水仙花球，回来慢慢长。

水仙花球很像一个谜。不，不，它就是一个谜。你根本不知道它紧裹着的小身体内，到底藏着几朵花的梦。你把它养在一杯水里。装它的容器是不择的，用碗，用纸杯，用罐头瓶子，它都能很快驻扎下来，随遇而安，苦乐自知。

然后，你基本上不用管它了，任它自个儿倒腾着去吧。记起它的时候，就去看看它，你也总能碰到小欢喜。昨天看时，它冒出两颗小芽芽了。今天再去看时，它已抽长出枝叶。枝叶也就开始疯了般地长，越长越密，越长越肥，越长越高。它走过它的童年、少年，直奔着花样年华而去。

花骨朵是什么时候打的？那完全是在你的眼皮子底下，偷偷进行着的，你竟说不清。等你发现时，肥绿的枝叶下，翡翠珠儿似的花苞苞，已在一眨一眨地看着你。这也没什么可遗憾的，唯有这说不清，才叫人惊喜吧。是不请不约的意外相遇。

到这个时候，我以为，水仙已度过它最好的前半生。接下来，毫无悬念可言了，每朵花苞苞，都会怒放，都会香得透心透肺、淋漓尽致。

它香起来的时候，我就有些忧愁了，是美人迟暮，想留也留不住。好在还有来年可等，来年，它又是好花一朵朵，开遍寻常百姓家。

以前我在乡下小镇生活，认识一个老中医，他特爱长水仙。每年冬天，他家堂屋的条几上，一溜排开的，全是水仙花，足足有十多盆。他的水仙长得特别，像专门挑拣过似的，有型有款，不高不矮，不胖不瘦。葱绿的枝叶，托起小花三五朵，幽幽吐香，脉脉含情，真正是当得了诗里面夸的“凌波仙子生尘袜，水上轻盈步微月”。

问他讨过经验。他说，水要适度，阳光要适度，营养要适度。这“适度”，不是人人都能掌控的。我家的水仙，也便还是由着它的性子长了，乱蓬蓬的一堆叶，乱蓬蓬的一团香，失了仙气，倒像一率真任性的乡下疯丫头。这样也好，它保持了它最原始的本真。

水沉为骨玉为肌

街上的花店里，有水仙球卖的时候，我买了两个。

家里有两只很漂亮的水仙花盆，田螺的形状，青釉的，古典得很。这是一个朋友从陕西带回来的。陕西多古董，我便认定了这两只花盆也是古董。每年的冬天，我都会买了水仙来陪它们。只需一泓清水，装上水仙，两只“田螺”便立时灵动起来，远古的气息，穿云破雾而来。

看水仙在“田螺”的背上生长，是一件十分有趣的事情。眼看着它从白色的鳞根处，冒出一点一点的嫩黄。心里面知道，那是长叶了。把它搁窗台上，那儿是阳光最为充足的地方。每日里，我时不时地跑过去看看。阳光下，它嫩黄的芽上，已泛出一汪淡绿来。渐渐地，抽叶了。渐渐地，叶片丰满起来。再过两日，我在它肥厚的叶下，居然寻到了花苞苞。它是什么时候打苞苞的呢？不知。生命的成长，总是在不知不觉中完成的，让人惊叹。

我数了数，一盆里有花苞苞四个，一盆里有五个。它们起初不过绿豆儿大小，像极了爱玩捉迷藏的孩子，躲在叶下，躲过我们的视线，一个人低了头在那儿哧哧笑。后来，“绿豆儿”一点一点膨胀，鼓鼓的，像怀孕的妇人。里面的孩子迫不及待要出来，撑不住了，就快撑不住了。

这之后的一天，我晚下班，刚刚推开家门，冷不防，就被馨香抱了个满怀。我连忙跑去窗台边，两只“田螺”里的水仙，已全然绽放。花朵紧挨着花朵，气息甜美。它们粉着一张小脸蛋，翠衣翠裙，于凌波之上曼妙。

我脑子里不由得跳出黄庭坚写它的诗句：“借水开花自一奇，水沉为骨玉为肌。”果真是水沉为骨玉为肌啊！柔嫩的花瓣，恰如水做的骨肉、玉雕的肌肤。凝视的眼神便一醉再醉，索性把它捧至床头，睡里梦里，便都是它的香了。

看过有关水仙的西方传说，说水仙是由一孤芳自赏的少年变的。少年生得英俊飘逸，他非常爱惜自己的容貌，常常临水自照，把自己当花一样欣赏。一天，他又在河边揽水自照，却不幸溺水身亡。他死后，魂魄不肯离去，遂变成水仙。

我喜欢这个传说，少年终于圆了他的梦。从此，他的美与水共存。

然水仙不单单在水里面才能生长。一次，在一家花店，我看到许多水仙被装在泥盆里，妍妍而开，模样娇憨得很。仿佛仙子落凡尘，别有一番风韵。问及，说是把开过的水仙，连根埋到土里，来年的这个时节，它会重新长出来。

回家，半信半疑地，把开过的水仙，埋到屋角后。一年的时间，早已淡忘了这样的事，根本就没留意过，那屋角后的泥土里，原是埋着水仙的魂的。

某天下班归来，鼻翼处突然绕了馨香，缕缕不绝，在冷而湿的空气里飘拂。

寻去，屋角处，不知何时，水仙已婷婷。像邻家的小女孩，于不经意间，就长成了一个窈窕的大姑娘了。

一壶春水看桃花

三月里桃花开。所以一进三月，我嘴里就一直念念着，看桃花去吧，看桃花去吧。

哪里看去？自然是乡下。乡下的桃花，是追着春风开的。那会儿，桃树上的叶还未长全呢，花朵儿却迫不及待地，一朵挨着一朵开了。呼啦啦，是一树花满头。小脸儿粉粉的，红晕浸染，如情窦初开的女子。

树不是特意栽种，像风丢过来的种子，河边或屋后，就那么随意地长着一两棵。普通得不能再普通。却不妨，一朝花开，惹来满场惊艳：呀，原来不是乡下小姑娘啊，是仙子落凡尘。

记忆里，有桃花点点，在小院里，还有屋后。花开得好的时候，褐黑的茅草屋，也被映得水粉水粉的，有了许多妩媚在里头。只是那时年少，玩性大，飞奔的脚步，哪肯停下来好好欣赏桃花？根本不知道花什么时候开的，又什么时候落了，就那样辜负了大好春光。现在想想，那时丢掉的何止是大好春光？总以为有挥霍不尽的好光阴，哪知青春变白首，也不过是一下子的事。

读大学时，许多女生曾结伴去看桃花，浩浩荡荡。郊外有桃园，花盛开的时候，是浅粉的海洋。一车子全是女生，叽叽喳喳着。等到跳进那花的海洋里，全都变成一朵朵桃花了。粉色的心，唯春风怜惜。

在花树下欢跳着东奔西跑，不期然地，遇到本班一个男生。那男生的目光一直尾随着一个女生，痴痴的。他是爱她的。他看她的目光，就有了千朵万朵桃花在漾。她却毫不知觉，只管在一树一树的花下穿行、欢叫。我在一旁看得感动，暗恋原是这般花影飘摇，迷离生动。我替那个女生急，我在心里叫，你快回头看看他呀，看看他呀。多年后得知，他并不曾携她的手。毕业后，他们各奔东西，他有了他的日子，她有了她的岁月。

唐朝崔护有首很著名的诗：“去年今日此门中，人面桃花相映红。人面不知何处去，桃花依旧笑春风。”诗人以桃花做了整首诗的底子，像白的宣纸上，泼了一团水粉，热闹着，又寂寞着。真叫人惆怅不已。花仍在，人却非。世间的缘分，原是这样的可遇不可求。

却记着那年那日，那人送我一枝桃花。桃花开在乡下的河边，他有事路过，禁不住那一树粉红的诱惑，趁人不备，去树上攀下一枝。百十里的路，他宝贝样地带给我，眼里汪着整个春天。我于一刹那间爱上，从此义无反顾。

那个春天，我的书桌上，有了一壶春水漫桃花。

这是他给予我的最浪漫的事。偶尔说起，我们已不泛当年青春的心里，会蒙上一层迷醉。一枝桃花的感动，竟是终身的，谁能想到呢？

有美一朵，向晚生香

朋友说，她家小院里的桃花开了。她是当作喜讯告诉我的。“来看看？”她相邀。

自然去。每年的春天，我都是要追着看桃花的。春天的主角，离不了它。所谓桃红柳绿，桃花是放在第一位的。

桃花勾人魂。它总是一朵一朵，静悄悄地，慢条斯理地开，内敛，含蓄。虽不曾浓墨重彩地吸人眼球，却偏叫人难忘。是小家碧玉，真正的优雅与风情，在骨子里。

看桃花，总不由自主地想起一首写桃花的诗：“去年今日此门中，人面桃花相映红。人面不知何处去，桃花依旧笑春风。”诗人崔护，在春风里，丢了魂。邂逅的背景，真是旖旎：草长莺飞，桃花烂漫，山间小屋，独门独户。桃花只一树吧？够了。一树的桃花，嫩红水粉，映衬着小屋。天地纯洁。诗人偶路过，先是被一树桃花牵住了脚步，而后被桃花下的人，牵住了心。

姑娘正当年呢。山野人家，素面朝天，却自有水粉的容颜，水粉的心。她从花树下走过，一步一款款。他看得眼睛发直，疑是仙子下凡来。四目相对的刹那，心中突然波澜汹涌，是郎情妾意了。

三月的桃花，开在眼里；三月的人，刻在心上。从此，再难相忘。翌年之后，他回来寻，却不见当年那人，只有一树桃花，在春风里，兀自喜笑颜开。

这才真叫人惆怅，现实最让人无法消受的，莫过于如此的物是人非。

年轻时，总有几场这样的相遇吧。那年，离大学校园十来里路的地方，有桃园。春天一到，仿若云霞落下来。一宿舍的女生相约着去看桃花。车未停稳，人已扑向花海，倚着一树一树的桃花，笑得千娇百媚。猛抬头，却看到一人，远远站着，盯着我看。年轻的额头上，落满花瓣的影子。我的血管突然发紧，心跳如鼓，假装追另一树桃花看，笑着跳开去。转角处，却又相遇。他到底拦住了我问："你是哪个学校哪个班的？"我低眉笑回："不知道。"三月的桃花迷了眼。

以为会有后续的。回学校后，天天盼着那人的信来，思绪千转万回。等到桃花落尽，那人也没有来。来年再去看桃花，陡然生出难过的感觉。

还是那样的年纪。去亲戚家度假，天天在河边徜徉。河边，多树，多草，野花遍地。隔河，也有一青年，在那里徜徉。手上有时握一本书，有时持一钓竿，却没看见他垂钓。

一天，隔了岸，他冲我招手："嗨。"我也冲他招手："嗨。"仅仅这样。

后来，我回了老家。再去亲戚家，河还在，多树，多草，野花遍地，却不见了那个青年。

还是感谢那些相遇，在我生命的底色上，抹上一抹粉红。柔软，甜美。青春回头，不觉空。

真想，在桃花底下，再邂逅一个人，再恋爱一回。朋友说："你真这样想，说明你已经老了。"

"是吗？"笑。岁月原是经不起想的。想着想着，也真的老了。年轻时的事，变成花间一壶酒，温一温唇，湿一湿心，这人生，也就过来了。

像菜花一样幸福地燃烧

油菜花开了，不多的几棵，长在人家屋檐下的花池里。这是城里的油菜，绝对不是长着吃的，而是长着看的。

跟那人说："菜花开了呢。"那人一脸惊喜，说："找个时间看菜花去。"这是每年，我们的出行里，最为隆重的一节。

不知什么时候起，城里人兴起看菜花热，每年春天，都成群结队地，追到城外看菜花。一些地方的菜花，因此出了名。譬如江西婺源的菜花，云南罗平的菜花。

有一年秋，我对婺源着了迷，收拾行装准备去。朋友立即劝阻，说："你现在不要去呀，你等到春天再去呀，春天才有菜花可看呢。"笑着问他："婺源的菜花，怎样的好看？"他说："一望无际燃烧呀，就那样燃烧呀。"

笑。哪里的菜花，不是这样燃烧着的？所有的菜花，仿佛都长了这样的一颗心，热情的，率真的。一朝绽开，满腔的爱，都燃成艳丽。有坡的地方，是满坡菜花；有田的地方，是满田的菜花。整个世界，亲切成一家。

我是菜花地里长大的孩子。故乡的菜花，成波成浪成海洋。那个时候，房是荡在菜花上的。仿佛听到哪里噼啪作响，花就一田一田开了。大人们是不把菜花当花的，他们走过菜花地，面容平静。倒是我们小孩子，看见菜花开，疯了般地抛洒快乐。没有一个乡下的女孩子，发里面没有戴过菜花。我们甚至为戴菜花，编了歌谣唱："清明不戴菜花，死了变黄瓜。"现在想想，这歌谣唱得实在毫无道理，菜花与黄瓜，哪跟哪呀。可那时唱得快乐啊，蹦蹦跳跳着，死亡是件遥远而模糊的事，没有悲伤。一朵一朵的菜花，被我们插进发里面，黄艳艳地开在头上。

也去扫坟。那是太婆的坟，坟被菜花围着，是黄波涛里荡起的一斗笠。想太婆日日枕着菜花睡，太婆是幸福的吧。感觉里，不害怕。

这个时候，照相师傅背着照相器材下乡来了。他走到哪个村子，哪个村子就过节般地热闹。女人们的好衣服都被翻出来了，穿戴一新地等着照相。背景是天然的一片菜花黄，衬得粗眉粗眼的女人们，一个个娇媚起来。男人看女人的目光，就多了很多温热。我祖母是不肯我们多多拍照的，说那东西吸血呢。但她自己却忍不住也拍了一张，端坐在菜花旁，脸笑得像朵怒放的菜花。

读过一首写菜花的诗，极有趣："儿童急走追黄蝶，飞入菜花无处寻。"诗里，调皮的孩子，追逐着一只飞舞的蝴蝶。蝶儿被追进菜花丛，留下孩子，盯着满地的菜花寻找，哪一朵菜花是那只蝶呢？

张爱玲的外国女友炎樱，曾说过一句充满灵性的话："每一只蝴蝶，都是从前的一朵花的鬼魂，回来寻找它自己。"若果真如此，满世界的菜花，该变成多少的蝶？这实在是件美极的事。

菜花开得最好的时候，我选了一个大晴天，和那人一起去乡下看菜花。一路观着菜花去，一路看着菜花回，心情好得菜花似的，幸福地燃烧。这个时候想的是，就算生命现在终止，我们也没有遗憾了，因为我们深深爱过，那一地的菜花。

槐花深一寸

槐花开的时候，我抽了空去看。人生的旅途说长也长，说短也短，我们能相遇到的花期也有限，我不想错过每一场花开。

槐花也属乡野之花。它比桃花、梨花更与人亲，那是因为它心怀甜蜜。花开时节，空气中密布它的香甜，让你不容忽视。于是乡下孩子的乐事里，就有这么一件，爬上树去摘槐花。那也是极盛大的场景，树上开着槐花，地上掉着槐花，小孩的脖子上、肩上落着槐花，口袋里，还塞着一串串白。随便摘取一朵，放嘴里品咂，甜啊，糖一样的甜。巧妇会做槐花饼、槐花糖。吃得人打嘴不丢。家里养的羊，那些日子也有了嘴福，把槐花当正餐吃的。

我来赏的这树槐花，在小城的河边。小城新辟了沿河观光带，这棵槐，被当作一景从他处移植过来。其他树种众多，独独它，只一棵。《周礼·秋官》中记载：周代宫廷外植有三棵槐树，三公朝见天子时，面向那三棵槐树而立。周代的槐，有崇敬的意思在里面。槐又通“怀”，是怀想与守望。我瞎想，我们小城移来这棵槐，是把它当作镇城之树的吧。

傍晚时分，光的影，渐渐散去。黑暗是渐渐加深的，及至一树的白，也没在黑里头。天便完全黑下来了。这时候，赏花变得纯粹，周遭的黑暗做了底子，槐花的白，跳跃出来，是黑布上绣白花。

仰头望向那树白，心莫名被一种情绪填得满满的。说不清那情绪到底是什么。那一刻，时间停顿，风不吹，云不走，仿佛什么都想了，什么都没有想。这是人生的态度，我更愿意把它理解为本能，是由不得你的。

微笑。想起那首出名的山西民歌《我望槐花几时开》。歌里唱：“高高山上一树槐 / 手把栏杆望郎来 / 娘问女儿你望啥子 / 我望槐花几时开……”盼郎来的女儿家，心焦焦却偏不承认，偏把相思推给无辜的槐花：“哎呀呀，槐花槐花，你咋还没有开？”这里的槐花，浸染上人间情思，惹人爱怜。

一对老夫妻，晚饭后出来散步。他们唠嗑的声音隐约传来，如虫子在鸣唱。他们走过我身边，奇怪地看看我，并没有停下他们的脚步。却在离我有一段距离后，一个问：“人家在看什么呢？”一个答：“看槐花呗。”一个说：“哦，槐花开了呀。”一个笑答：“是啊，开了。”他们的声音，渐渐融入到夜色里，融入到槐花的甜里去，直至无痕。

我喜欢这样的一问一答，不落空，相依为命。我愿意，老了时，也有这样一个人陪在我身边，听我说一些可有可无的话，然后一一应答。这是最凡俗的，而又是最接近幸福的。

风吹，有花落下来。我捡一串攥手心里，清凉的感觉，在掌中弥漫。白居易写槐花：“薄暮宅门前，槐花深一寸。”我以为这是花落景象。古人尚不知花可吃，或者，知可吃而不吃，是为惜花。他们任由槐花自开自落，一径落下去，在地上铺了足有一寸深的白。真是奢侈了那一方土地，埋了那么多香甜的魂。

月季

花里面，月季的名字，是比较土的一个。它的花期极长，除了隆冬，几乎月月开花，季季芳香，干脆就叫了月季。这好比乡下人家，生的孩子多，丝瓜藤上结着的丝瓜般的，一个挨一个，也就不那么“重视”了。孩子哇哇啼哭着出来，又是一丫头片子。做娘的虚弱地说：“给娃儿取个名吧。”做爹的瞟一眼，顺嘴丢出个名儿来，就叫小草吧。叫菊花吧。叫叶子吧。

命贱吧？是的，有点。家徒四壁，从小缺衣少食，泥地里滚着爬着，被风吹着揉着，被太阳烤着晒着，皮肤粗糙黝黑。可是，却特别皮实，连小感冒小头疼也极少。这样的孩子，容易成长，且长大后，经得起岁月磨难，纵使遇到再大的坎，她也能咬咬牙跨过去，心怀感恩，尽力吐露着生命的芬芳。

月季如人，也是这般的命贱，却顽强。那时，放学的路上，要经过一苗圃，里面长满花草。常有花探出墙头，逗引着我，冲我妖娆地笑。于是有那么一天，我趁人不备，很不女生地翻越墙头，爬过围墙去。好大的地方啊，足足有好几亩地。叫不出名字的花真多，但一眼认得月季的，颜色极是出色，单单红色，就有若干种：大红，粉红，橘红，绛红，玫瑰红……我很奢侈地左挑右选，俨然花的主人。我最后挑了一棵粉红的，挑了一棵鹅黄的，连根拔起，塞书包里带回家去。花枝上多刺，刺大且硬，我的手，被刺破好几处，当时是顾不得的。

到家的第一件事，就是整地，挖坑，栽花。地是不紧张的，屋门口随便挑块空地儿就成。我挑了正对着大门的那块，拔掉里面长得好好的两棵茄子。祖父在一边看见了，说：“春天栽花才能活的。”我不信，我说秋天也能活的。

月季栽好，才觉出手疼，疼得钻心。晚上母亲回家，拿缝衣针，就着煤油灯，从我手指上挑去三四根刺。母亲边挑边责骂：“怎么这么野，丫头没个丫头样子。”母亲也心疼被我拔掉的茄子。我抿着嘴笑，不回嘴。我想着门前的灿烂，偷乐，啊，一棵粉红，一棵鹅黄，真开心哪。

月季却萎了，好像很不满意我替它挪了地方。有大人给我出主意，说用河里的淤泥护着它，它就能成活。我赶紧跑去河里，挖了满满一脸盆河泥。隔天看它，它竟活过来了，花朵儿开得喜盈盈的。就这样，它在我家屋前定居下来，边开边谢，边谢边开。我看着月季，渐渐长大。后来，我离开故土，在异地他乡安营扎寨，从此，故乡隔得远远的，月季还待在老地方。月季还是月季，一年又一年。

回老家，父亲或母亲，总要指着门前的月季对我说：“看，你小时栽的月季。” 这是我和父母间保留的对话。我鼻子就有些酸酸了，我说：“它咋还开这么多花呢。”

它的花，一点儿不见老，还是一团粉红，一团鹅黄，豆蔻年华。

富贵竹

我养花长草少有能活过半年以上的。在花店里，看似活蹦乱跳生机勃勃的花儿草儿，到了我手里，一律全害了相思病似的，思念故土思念故人，眼见着鲜亮的脸庞，一日一日瘦小下去，最后，无一例外地，全都香消玉殒。

朋友得知，推荐我养富贵竹。这种植物好长，水也好，土也好，只要有一点点附着物，它就绿给你看，朋友如此介绍。

心动。跑去花店，张眼之处，那些盆盆罐罐里，竟全长着这种竹。高的比人还高，矮的不过盈尺，全都绿意婆娑着，是绿汪汪的绿海洋。店主说，因为它好长，四季常绿，来买的人很多。我指着一盆不过盈尺的说，我喜欢只长这么高的，好摆放。店主笑了，如果它长得过高，你可以这样。他边说边操起剪刀，拔起一根富贵竹，拦腰剪断，重又把它插回土里。那一剪子，剪得干脆利落不留余地，我担心地问，会死吗？他笑，不会，它命大着呢。我疑惑，这么贱的命，为什么还叫富贵？他说，命贱才易活，这是福，福大寿才大的。而有福的，岂不是富贵？

我点头，以为很有道理。金枝玉叶的，大抵难逃短寿的命，纵使担了富贵的名头，却少了很多生的乐趣。像历史上那个不满周岁就死去的汉殇帝。

我买了一盆富贵竹回家。盆上有蓝黄花纹，交错而生，出土的古董似的。矮矮的三根富贵竹，紧挨在里面长，叶阔绿厚的，像粗眉大眼的丫头。憨憨的，又是充满情趣的。我无端地想起《红楼梦》里的一个人物——傻大姐，她天性愚顽，毫无心计，满大观园的女儿中，她活得最本真。曹雪芹描写她，惜墨如金，只用了几个字，就把她的外貌给概括了，“体肥面阔”，外加“一双大脚”，满眼的珠翠摇曳香汗微微里，只她一个扑着一双大脚，体肥面阔地走来晃去，多么健康！我想，红楼梦醒，一干的小姐丫头，都不可能落到好去处，反倒命贱如富贵竹的她，到哪里都可以活命的。

我把新买的富贵竹，搁电脑旁。无须我管理，它兀自长得欢天喜地。每日里，我写字写累了，一抬头，定会与它撞个照面。一盆子的绿，便水花儿一样，在我眼里乱溅开来，给我满满的清凉。

守着这样一盆富贵竹，岁月安详着，芸芸众生里的我，也算得上是个富贵之人了。

父亲的菜园子

父亲在电话里给我描绘他的菜园子：菠菜，大蒜，韭菜，萝卜，大白菜，芫荽，莴苣……里面什么都长了，你爱吃的瓜果蔬菜有的是，你就等着吃吧。

我的眼前，便浮现出这样的菜园子：里面的青翠缠绵成一片，深绿配浅绿，吸纳着阳光雨露。实在美好。

既而我又有些怀疑了，父亲虽是农民，但他使的是粗活，挑河挖地，他很在行。而种瓜果蔬菜，是精细活，像绣花一样的，得心细才行。几十年来，这些都是母亲做的，父亲根本不会。

我的疑虑还未说出口，父亲就在那头得意地说，种菜有什么难的？我一学就会了。我知道你喜欢吃这些呢，所以辟了很大的一个菜园子。

自从母亲的类风湿日益严重后，父亲学会了做很多事，譬如煮饭和洗衣。想到年近七十的老父亲，在锅台边笨拙的样子，我的眼睛，忍不住发酸。父亲却满不在意，他乐呵呵地说，等你回来，我到菜园子里挑了菜，炒给你吃，活鲜鲜的，保管你喜欢吃。

父亲的菜园子，在父亲的描绘中，日益蓬勃起来。他说，青椒多得吃不掉了，扁豆结得到处都是，黄瓜又打了许多花苞苞，萝卜马上能吃了……我家的餐桌上，便常常新鲜蔬菜不断，碧绿澄清。有的是父亲亲自送来的，有的是父亲托人带来的。父亲说，市场上的蔬菜农药太多，你们少买了吃，还是吃家里带的好。

有时，父亲带来的蔬菜太多，我吃不掉，就分赠给左右邻居。即便这样，父亲仍在电话里问，够不够吃？不够，我菜园子里多着呢。仿佛他那儿有一口蔬菜的井，可以源源不断地喷出蔬菜来。

便想象父亲的菜园子,里面的瓜果蔬菜,长势喜人,是一畦一畦的活泼呢。

偶然得了机会，我回老家，第一件事，就是直奔父亲的菜园子。母亲坐在院门口笑，母亲说，你爸哪里有什么菜园子啊，学了大半年，他才学会种青菜，这人笨呢。

我疑惑，那，爸送我的那些蔬菜哪里来的？

母亲说，是你爸帮工帮来的。我不能种菜了，他又不会种，怕你没菜吃，他就去人家地里帮工，人家送他一些现长的瓜果蔬菜抵工钱。

怔住。回头，瞥见父亲站在不远处，正不好意思地冲我笑，他因他的“谎言”被揭穿而羞赧。嘴上却不肯服输，招手叫我过去，说，你别听你妈瞎说，我不止会种青菜的，我还学会种芫荽。

他领我去屋后，那里，新辟了一块地，地里面，一些嫩绿的小芽儿，已冒出泥土来，正探头探脑着。父亲指着那些芽儿告诉我，这是青菜，那是芫荽。还种了一些豌豆呢。你看，长得多好。

这里，很快会成一片菜园子，你下次回家来看，肯定就不一样了，父亲说。他的手，很有气势地在半空中划了一个半圆。

我点头。我说到时记得给我送点青菜，还有芫荽，还有豌豆。我喜欢吃。

豌菜头

喜欢一道素菜——清炒豌菜头。

看过不少美食家写美食，品种繁多，却少有豌菜头的影子。连深谙吃之道的汪曾祺，也不过是在一长列的菜里头，极吝啬地一笔带过，素炒豌豆苗，便完了。好像华丽舞台上，一大群伴舞的女孩子里，那个极不起眼的，荧光镜头一掠而过，尚未看清她的眉毛眼睛，她已被湮没。一曲终了后，谁会想起她？

乡下人却爱极它。秋凉的时候，谁家不种一畦豌豆？冬天，地里的土冻得结实，它却喜眉喜眼地生长着，圆润的叶，一点一点丰满起来，碧绿或翠绿，也有的颜色是紫红的。这个时候，一根一根掐下它来，水绿盈手，嫩得起泡泡儿。回家，放点油盐，爆炒，桌上就有了一道清炒豌菜头。一筷子下去，满筷青翠，清新绕鼻，绕舌，绕心。

它的吃法不多，除了清炒外，就是做衬菜了。一大碗狮子头，上面点缀一蓬豌菜头。端上桌，没人动里面的狮子头，都抢着吃那一蓬碧绿。不事雕饰的豌菜头，反而抢了主角风光。

豌菜头还可以做腌菜。做法也不复杂，洗净了，一层一层码上盐，用坛子装了，密密封。过些时日，揭开坛口，原先一坛的碧绿，已变成一坛的金黄。挑一根吃，脆嫩脆嫩，微酸中，带了甜味。乡人们会说，腌得多好，黄爽爽的啊。这个“黄爽爽”用得形象极了，是黄得爽快，金灿灿欲滴，怕是任何诗人也想不出这个词来。难怪民间歌谣《诗经》会那么脍炙人口，原来，越接近生命本质的东西，越容易久长，纵使隔着几千年的烟雨，也不会褪色。

我每年春节回老家拜年，母亲必备多多的豌菜头。竹篮子里堆得满满的，是母亲佝偻着身子，伏在地里，不顾严寒，一根一根，用手掐下来的。母亲清炒，或者做了衬菜给我吃，我总是吃得盘底朝天。在我，爱吃豌菜头是一方面，另一方面，我想让母亲欢喜。天下母亲都同一理，儿女的欢喜，就是她们的欢喜。那么，我表现出的欢喜，对母亲来说，就是安慰，甚至是幸福。

菜市场里，卖豌菜头的，都是些乡下老妇人。她们有着一张沧桑而慈祥的脸，她们的笑容谦和质朴，让你很自然地联想到乡下的老母亲，跟她们有亲近的欲望。她们卖菜不顶真，秤杆翘得高高的，临了，还要再添上一把菜给你，说，不是刀割的，是用手掐的，一根一根掐的，嫩着呢。

吃腻了鸡鸭鱼肉，炒一盘这样的豌菜头上桌，食欲会大增，人会莫名地快乐起来。从来故乡的味道，都是最能抚慰人的心灵的。

当豌菜头老了，不能再做菜蔬吃时，就等着它开花、结果。它开的花，相当漂亮，像翩跹的蝴蝶，乳白，紫红，一朵朵，翘立在藤蔓上。花谢，豌豆荚慢慢成形。这时候，可以炒嫩豌豆荚吃了。也可以用嫩豌豆荚烧肉，清香无比。

我仿佛瞥见，大幅的屏风，上面栖息着大朵的花，牡丹，
或是芍药。屏风后，美人如水，怀抱琵琶，浅吟低唱着
——虞美人。她葱白的手指，轻拢慢捻，一曲更一曲。

草世界，花菩提

蔷薇几度花

喜欢那丛蔷薇。

与我的住处隔了三四十米远，在人家的院墙上，趴着。我把它当作大自然赠予我们的花，每每在阳台上站定，目光稍一落下，便可以饱览它：细长的枝，缠缠绕绕，分不清你我地亲密着。

这个时节，花开了。起先只是不起眼的一两朵，躲在绿叶间，素素妆，淡淡笑。还是被眼尖的我发现了，我和他几乎一齐欢喜地叫起来：“瞧，蔷薇开花了。”

之前，我们也天天看它，话题里免不了总要说到它——你看，蔷薇冒芽了——你看，蔷薇的叶，铺了一墙了。我们欣赏着它的点点滴滴，日子便成了蔷薇的日子，很有希望很有盼头地朝前过着。

也顺带着打量从蔷薇花旁走过的人。有些人走得匆忙，有些人走得从容；

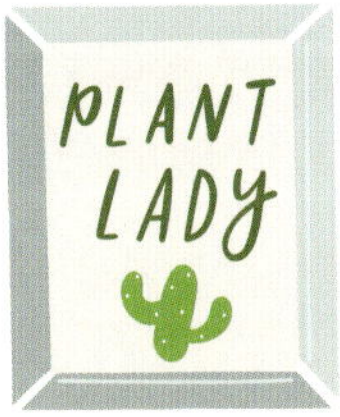

有些人只是路过，有些人却是天天来去。想起那首经典的诗：“你站在桥上看风景，看风景的人在楼上看你。”这世上，到底谁是谁的风景呢？——你是我的，我也是你的，只不自知。

看久了，有一些人，便成了老相识。譬如那个挑糖担的。

是个老人。老人着靛蓝的衣，瘦小，皮肤黑，像从旧画里走出来的人。他的糖担子，也绝对像幅旧画：担子两头各置一匾子；担头上挂副旧铜锣；老人手持一棒槌，边走边敲，当当，当当当。惹得不少路人循了声音去寻，寻见了，脸上立即浮上笑容来。“呀”一声惊呼：“原来是卖灶糖的啊。”

可不是嘛！匾子里躺着的，正是灶糖。奶黄的，像一个大大的月亮。久远了啊，它是贫穷年代的甜。那时候，挑糖担的货郎，走村串户，诱惑着孩子们的幸福和快乐。只要一听到铜锣响，孩子们立即飞奔进家门，拿了早早备下的破烂儿出来，是些破铜烂铁、废纸旧鞋等的，换得掌心一小块的灶糖。伸出舌头，小心舔，那掌上的甜，是一丝一缕把心填满的。

现在，每日午后，老人的糖担儿，都会准时从那丛蔷薇花旁经过。不少人围过去买，男的女的，老的少的，有人买的是记忆，有人买的是稀奇——这正宗的手工灶糖，少见了。

便养成了习惯，午饭后，我必跑到阳台上去站着，一半为的是看蔷薇，一半为的是等老人的铜锣敲响。当当，当当当——好，来了！等待终于落了地。有时，我也会飞奔下楼，循着他的铜锣声追去，买上五块钱的灶糖，回来慢慢吃。

跟他聊天。“老头儿！”我这样叫他，他不生气，呵呵笑。“你不要跑那么快，我追都追不上了。”我跑过那丛蔷薇花，立定在他的糖担前，有些气喘吁吁地说。老人不紧不慢地回我：“别处，也有人在等着买呢。”

祖上就是做灶糖的。这样的营生，他从十四岁做起，一做就做了五十多年。天生的残疾，断指，两只手加起来，只有四根半指头。却因灶糖成了亲，他的女人，就是因喜吃他做的灶糖，而嫁给他的。他们有个女儿，女儿不做灶糖，女儿做裁缝，女儿出嫁了。

“这灶糖啊，就快没了。”老人说，语气里倒不见得有多愁苦。

“以前怎么没见过你呢？”

“以前我在别处卖的。”

“哦，那是甜了别处的人了。”我这样一说，老人呵呵笑起来，他敲下两块灶糖给我。奶黄的月亮，缺了口。他又敲着铜锣往前去，当当，当当当。敲得人的心，蔷薇花朵般地，开了。

一日，我带了相机去拍蔷薇花。老人的糖担儿，刚好晃晃悠悠地过来了，我要求道：“和这些花儿合个影吧。”老人一愣，笑看我，说：“长这么大，除了拍身份照，还真没拍过照片呢。”他就那么挑着糖担子，站着，他的身后，满墙的花骨朵儿在欢笑。我拍好照，给他看相机屏幕上的他和蔷薇花。他看一眼，笑。复举起手上的棒槌，当当，当当当，这样敲着，慢慢走远了。

我和一墙头的蔷薇花，目送着他。我想起南朝柳恽的《咏蔷薇》来：“不摇香已乱，无风花自飞。”诗里的蔷薇花，我自轻盈我自香，随性自然，不奢望，不强求。人生最好的状态，也当如此吧。

【真题链接】

1. 第⑨自然段中“记忆”和“稀奇”分别指什么？

2. 第⑫自然段的记叙顺序是 ________。

3. 结合上下文，理解画线句子的含义。

（1）起先只是不起眼的一两朵，躲在绿叶间，素素妆，淡淡笑。

（2）哦，那是甜了别处的人了。

4. 文中的“我”对挑糖担儿老人是怎样评价的？

5. “蔷薇”在文中的作用有哪些？

佳句摘抄

★有些人走得匆忙，有些人走得从容；有些人只是路过，有些人却是天天来去。想起那首经典的诗："你站在桥上看风景，看风景的人在楼上看你。"这世上，到底谁是谁的风景呢？——你是我的，我也是你的，只不自知。

★他就那么挑着糖担子，站着，他的身后，满墙的花骨朵儿在欢笑。我拍好照，给他看相机屏幕上的他和蔷薇花。他看一眼，笑。复举起手上的棒槌，当当，当当当，这样敲着，慢慢走远了。

【阅读有道】

人面桃花相映红

唐代诗人崔护有一首诗《题都城南庄》：“去年今日此门中，人面桃花相映红。人面不知何处去，桃花依旧笑春风。”诗人巧妙地借用桃花来烘托诗人遇见的那个女子之美。

其实文学创作中，这种手法的运用是很普遍的。周敦颐《爱莲说》，借莲这个“花之君子”指那些“人之君子”，如此一来，原本枯燥无味的说理变得“文艺范”十足；马致远为了表达游子羁旅之愁思，借助“枯藤老树昏鸦，小桥流水人家，古道西风瘦马，夕阳西下”，描绘了一幅秋夕图画，来烘托渲染游子的羁旅之愁苦，是为借景抒情；当代作家宗璞想要阐发“花和人都会遇到各种各样的不幸，但是生命的长河是无止境的”这个道理，借助了如瀑布的紫藤萝，是为托物言志。

丁立梅老师作散文善于借景抒情，我们阅读时，要充分理解文中所谓“物象”的作用。

《蔷薇几度花》就是一篇这样的文章。作家从“喜欢那丛蔷薇”写起，写蔷薇先是冒芽了，后是蔷薇的叶铺了一墙了；再写初开的蔷薇花“躲在绿叶间，素素妆，淡淡笑”，充分描绘了蔷薇之美，表达了对蔷薇的喜爱之情。并引出从蔷薇花旁边走过的人——挑糖担卖灶糖的老人。老人天生残疾，却不愁苦，不愤世，相反，却“像从旧画里走出来的”，对生活，不奢望，不强求，随遇而安。但是，他敲铜锣的“当当，当当当”的声音，却能够敲得人的心“蔷薇花朵般的，开了”。“我”邀请他和蔷薇花合影——以蔷薇花为背景拍照，让“我”想起了柳恽的《咏蔷薇》，“不摇香已乱，无风花自飞”，诗中的蔷薇花“我自轻盈我自香，随性自然，不奢望，不强求”。在这里，蔷薇花至少有四个作用：

作为文章的线索贯穿全文；

作为背景烘托人物，因为蔷薇花，一个卖灶糖的老人有了画的美；

作为物象，象征了卖灶糖的老人“随性自然，不奢望，不强求”的人生状态；

作为抒情的载体，也作为言说自己人生志趣的载体，表达了自己的人生感悟。

其实，类似于这样的文章，作者还有很多，甚至可以说，这本身就是作者的风格之一。我们在阅读之时，要理解“蔷薇”的“使用方式”和运用效果，还可以在自己学习写作时加以应用。

人面桃花相映红，因为有了桃花，人更美了；因为有了人，桃花更有灵性了。《蔷薇几度花》，因为有了蔷薇，即使如卖灶糖的老者，生活也变得温和从容了；因为有了蔷薇，本应枯燥的说教也变得更有味了，也许这就是语言艺术的魅力吧。

祖母的葵花

我总是要想到葵花，一排一排，种在小院门口。

是祖母种的。①祖母侍弄土地，就像她在鞋面上绣花一样，一针下去，绿的是叶，再一针下去，黄的是花。

记忆里的黄花总也开不败。

丝瓜、黄瓜是搭在架子上长的。②扁扁的绿叶在风中婆娑，那些小黄花，就开在叶间，很妖娆地笑着。南瓜多数是趴在地上长的，长长的蔓，会牵引得很远很远。像对遥远的他方怀了无限向往，蓄着劲儿要追寻了去，在一路的追寻中，绽放大朵大朵黄花。黄得很浓艳，是化不开的晴。

还有一种植物，被祖母称作“乌子”的。它像爬山虎似的，顺着墙角往上爬，枝枝蔓蔓都是绿绿的，一直把整座房子包裹住了才作罢。忽一日，哗啦啦花都开了，远远看去，房子插了满头黄花呀，美得让人心醉。

最突出的，还是葵花。它们挺立着，情绪饱满，斗志昂扬，迎着太阳的

方向，把头颅昂起，再昂起。小时候我曾奇怪于它怎么总迎着太阳转呢，伸了小手，拼命拉扯那大盘的花，不让它看太阳，但我手一松，它弹跳一下，头颅又昂上去了，永不可折弯的样子。

梵·高在1888年的《向日葵》里，用大把金黄来渲染葵花。画中，一朵一朵葵花，在阳光下怒放，仿佛是“背景上迸发出的燃烧的火焰”。梵·高说，那是爱的最强光。在颇多失意颇多彷徨的日子里，那大朵的葵花，给他幽暗沉郁的心，注入最后的温暖。

我的祖母不知道梵·高，不懂得爱的最强光，但她喜欢种葵花。在那些缺衣少吃的岁月里，院门前那一排排葵花，在我们心头，投下最明艳的色彩。葵花开了，就快有香香的瓜子嗑了。这是一种**香香的**等待，这样的等待很幸福。

葵花结籽，亦有另一种风韵。沉甸甸的，望得见日月风光在里头喧闹。这个时候，它的头颅开始低垂，有些含羞，有些深沉，但腰杆仍是挺直的。

一颗一颗的瓜子，一日一日成形，饱满，吸足阳光和花香。葵花成熟起来，蜂窝一般的。祖母摘下它们，轻轻敲，一颗一颗的瓜子，就落到祖母预先放好的匾子里。放在阳光下晒，会闻见花朵的香气。③一颗瓜子，原来是一朵花的魂啊！

瓜子晒干，祖母会用文火炒熟，这个孩子口袋里装一把，那个孩子口袋里装一把。我们的童年就这样香香地过来了。

如今，祖母老了，老得连葵花也种不动了。老家屋前，一片空落的寂静。七月的天空下，祖母坐在老屋院门口，坐在老槐树底下，不错眼地盯着一个方向看。我想，那里，一定有一棵葵花正在开放，开在祖母的心窝里。

【真题链接】

1. 上文第③自然段说，“记忆里的黄花总也开不败”。通读全文，说说“我”记忆里的黄花有哪些。

2. 联系上下文，从不同方面体会“这是一种香香的等待，这样的等待很幸福”一句中加点词语的妙处。

3. 从上文加方框的三个句子中任选一句，品味文句中蕴含的语言运用的美或情感表达的美。

4. 上文第⑦自然段写到了梵·高和他创作的《向日葵》，这样写有什么作用？请结合文章内容简要分析。

5. 请从下面的两题中任选一题作答。

（1）祖母摘下成熟的葵花，轻轻敲落瓜子时，跟在祖母身边的“我”会有什么样的表现呢？请你联系文章内容，结合自己的生活体验，展开合理想象，进行描写，不超过 60 个字。（可描写神态，可描写动作，可描写语言，可描写心理。）

（2）“如今，祖母老了，老得连葵花也种不动了。老家屋前，一片空落的寂静。七月的天空下，祖母坐在老屋院门口，坐在老槐树底下，不错眼地盯着一个方向看。”祖母可能在想些什么呢？请你联系文章内容，展开合理想象，进行描写，不超过 60 个字。

佳句摘抄

★丝瓜、黄瓜是搭在架子上长的。扁扁的绿叶在风中婆娑，那些小黄花，就开在叶间，很妖娆地笑着。南瓜多数是趴在地上长的，长长的蔓，会牵引得很远很远。像对遥远的他方怀了无限向往，蓄着劲儿要追寻了去，在一路的追寻中，绽放大朵大朵黄花。黄得很浓艳，是化不开的晴。

★一颗一颗的瓜子，一日一日成形，饱满，吸足阳光和花香。葵花成熟起来，蜂窝一般的。祖母摘下它们，轻轻敲，一颗一颗的瓜子，就落到祖母预先放好的匾子里。放在阳光下晒，会闻见花朵的香气。一颗瓜子，原来是一朵花的魂啊！

★如今，祖母老了，老得连葵花也种不动了。老家屋前，一片空落的寂静。七月的天空下，祖母坐在老屋院门口，坐在老槐树底下，不错眼地盯着一个方向看。我想，那里，一定有一棵葵花正在开放，开在祖母的心窝里。

【阅读有道】

想象，语言艺术花圃中最美的一朵花

总是没有来由地喜欢庄子，尤其是《逍遥游》，“鲲之大，不知其几千里也；化而为鸟，其名为鹏。鹏之背，不知其几千里也；怒而飞，其翼若垂天之云”。天才般的想象，让人无法抗拒；也总是喜欢李白，无论是“我寄愁心与明月”，还是“床前明月光，疑是地上霜”，或大胆、或贴切的想象令人叫绝。

可以说，没有了想象，就没有了《逍遥游》；没有了想象，就不再是李白。想象是文学创作中，尤其是带有浪漫主义色彩的文学创作中不可或缺的艺术手法。阅读古今中外的优秀文学著作，理解作者的想象，跟着作者去想象，都是极为重要的。

《祖母的葵花》就是一篇善于运用想象艺术手法的佳作。

南瓜的藤蔓本就是向前生长，这是最简单的生物学现象，是本能。但是作者不以为如此，作者这样说：“长长的蔓，会牵引得很远很远。

像对遥远的他方怀了无限向往，蓄着劲儿要追寻了去。”这里的“像”不是比喻，而是想象，在作者想象之中，南瓜藤蔓的生长，不是本能的力量，而是内心对远方的向往。这样的想象，既新鲜，又奇特，南瓜似乎不是简单的植物，而是具有思想的“人”了。

“乌子”也就是俗话说的“葫芦”。“忽一日，哗啦啦花都开了，远远看去，房子插了满头黄花呀。”“乌子”会开花，虽然有诗人要“倾听花开的声音”，但事实上花开是没有声音的，或者花开的声音是极小的，小到可以忽略不计，更不会“哗啦啦”地开。但是作者似乎听到了“乌子”开花时“哗啦啦”的声音，一则写出花开之盛，二则写出作者心中之喜。如果只是“花都开了”，而不是“‘哗啦啦’花都开了”，其表现力就大打折扣。

祖母坐在老屋门口，盯着一个方向看，作者据此猜测“那里，一定有一棵葵花正在开放”，如果文章到这里就结束了，那这只是根据生活的逻辑在推断，语言平淡；但后面作者大胆想象，这一棵葵花“开在祖母的心窝里”，有了想象，表达效果就完全不同了。有了想象，读者就可以感觉到，昔日庸常而丰富的生活、盛开的葵花、侍弄土地时滴下的汗水、孙辈们一脸向往看着葵花的天真和吃着葵花籽的快乐，都成了祖母温馨而美好的回忆。一句简单的“开在祖母的心窝里”，凝练而丰富，又富有诗意，深刻而传神地表达了祖母年迈时丰富的心理活动。

想象，是语言艺术大花园中瑰丽的花，因为有了想象，叙述、描写的空间被无限地扩大，既可以是空间的漫无边际，也可以扩大到人的精神世界。读懂想象、理解想象，有时就是找到了一把读懂文章的钥匙。

【经典赏析】

草世界，花菩提

初识它，是在一册诗书里。

原是坊间小曲，被人吟唱。后被文人推崇，成词牌名，按韵填词，名扬天下。从远唐，一路逶迤而来，一唱三叹，缠绵旖旎。

我仿佛瞥见，大幅的屏风，上面栖息着大朵的花，牡丹，或是芍药。屏风后，美人如水，怀抱琵琶，浅吟低唱着——虞美人。她葱白的手指，轻拢慢捻，一曲更一曲。

月升了，夕阳斜了，美人的发，渐渐白了。

女人的年华，原是经不起寂寞弹唱的，弹着弹着，也便老了。

后来，我识得一种花，叶普通，茎普通，花却浓烈得让人惊异。血红，红得似天边燃烧的霞。单瓣，薄薄的，如绫如绸。它们在一条公路边盛开，万众一心。公路边还长了低矮的冬青树，里面夹杂着几株狗尾巴草。让人一喜，分明就是曾经的熟识啊！

我停在那儿，等车。车迟迟不来。

那是异乡。我因了几株狗尾巴草，不觉异乡的陌生与疏离；又因了一朵一朵殷红的花，不觉等待的焦急与漫长。

我的眼光，久久停在那些殷红上，它们腰身纤细，脸庞秀丽，薄薄的花瓣，仿佛无法承载内心的情感，无风亦战栗。很像古时女子，羞涩见人，莲步轻移。

寻问一当地路人：“请问，这是什么花？”路人瞥一眼，说：“虞美人啊。”许是见多了这样的花，他不觉惊异，回答完我的话，继续走他的路。

他完全不知，他的一句“虞美人啊”，在我心中，激起怎样的狂澜！

看着眼前的花，想着它的名，远古的曲子，不由分说地，在我耳畔轻轻弹响：是李后主的“春花秋月何时了，往事知多少”；是周邦彦的“柳花吹雪燕飞忙。生怕扁舟归去、断人肠”；是纳兰性德的“残灯风灭炉烟冷，相伴唯孤影”；是苏东坡的“夜阑风静欲归时，惟有一江明月碧琉璃”。

人生最难消受的，是别离。是虞姬且歌且舞，泣别项羽。这个楚霸王最爱的女人，当年风光时，她与他，应是人成对，影成双。垓下一战，楚霸王大势尽去，弱女子失去保护她的翼。男人的成败，在很多时候，左右着女人的命运。她拔剑一刎，都说为痴情。其实，有什么退路呢？她只能，也只能，以命相送。传说，她身下的血，开成花，花艳如血。人们唤它，虞美人。

真实的情形却是另一番的，此花原不过田间杂草，野蒿子一样的，贱生贱长，不为人注目。然它，不甘沉沦，明明是草的命，却做着花的梦。不舍不弃，默默积蓄，终于于某天，疼痛绽放。红的，白的，粉的，铺成一片。瓣瓣艳丽，如云锦落凡尘。人们的惊异可想而知，它不再被当作杂草，而是被当作花，请进了花圃里。有人叫它丽春花。有人叫它锦被花。还有人亲切地称它，蝴蝶满园春——春天，竟离不开它了。

生命的高贵与卑微，本是相对的。纵使不幸卑微成一株杂草，通过自己的努力，也可以让命运改道，活出另一番景象。

胭脂

突然听到“胭脂”这个名，我的心里，陡地吃了一惊。是唤一个温软的女子，她有着细长的眉毛、细长的眼睛，生在江南烟雨的小巷里，暗香浮动，摇曳生姿。又或是，古有女子，对镜理红妆，是“谁堪览明镜，持许照红妆”，是“玉面耶溪女，青娥红粉妆”——这里的“红”，就是胭脂。素手纤纤在胭脂盒内蘸取一点，拍在腮上，女子的脸，立即艳若桃花。

彼时，夕照满天，我正弯腰，在细细打量一丛花。那是块拆迁地，断壁残垣处，它开得勃勃生机，喜庆热闹，全然不理会周遭一片瓦砾倾轧。紫红的一朵朵，昂昂然，艳，鲜嫩，有股不屈不挠的架势。在我，是旧相识。只是没想到，暌别多年，竟会在城市的一隅与它不期而遇。

一位遛狗的老先生路过，以为我不识此花，随口告诉我，这是胭脂啊。因他这一说，我认定他是个文化人。我用微笑向他致意，颔首谢过，却在心里面翻江倒海。

它居然有这么个香艳的名字！

童年的乡下，家家都有这么一大丛胭脂的，长在厨房门口。仿佛它生来就长在那儿，是乡村应有的模样。像屋后面有河，弯弯的田埂边开野花。像屋顶上歇着无数的雀，牛羊的叫声，此起彼伏。

它在傍晚开，早上合，和月亮一起盛放，和星星们一起旖旎，它是夜的精灵。当然，我的乡亲们远没这么抒情，在他们眼里，天地万物，原都是该派的样子，是命里注定的。鱼在河里游，鸟在天上飞，没什么可奇怪的。家家做晚饭不看钟点，只要瞟一眼厨房门口的花就是了。哦，晚婆娘花开了，该做晚饭了，他们自言自语。

对，他们叫它，晚婆娘花。是勤恳持家的小主妇，夜幕降临了，还不肯歇息，纳鞋打粮，为一家人的生计打拼，直到月亮累弯了腰，花儿也要睡了。

断指七爷的家门口，也长着这么一大蓬胭脂花。七爷的断指，说是打仗时打掉的。激战中，他用手去挡子弹，子弹一下子削去了他四根手指。

我们小孩子好奇，问他，七爷，你真打过仗吗？

七爷从鼻孔里"哧"出一声，不搭理我们，自去喝他的老酒。一桌一椅，一人一壶，斟满一个夕阳。鸟雀声稠密，一旁的胭脂花，开得沸沸扬扬。

我们傻傻看着，被眼前景怔得无话可说。这时，突然听到七爷幽幽吐出一句，喊，我跨过鸭绿江时，你们这些小毛头还不知在哪片草叶上飘哪。

我们不懂什么鸭绿江，但从他的神态上，肯定了他果真是打过仗的，心里便把他当英雄崇拜。村里人也都这么崇拜着，对他尊重有加。他无后，孤身一人，住两间茅棚，极少种地，家里却从不缺吃的。谁家新打了粮，有了时令蔬菜，都给他送。我受母亲委托，曾给他送过扁豆。这任务让我觉得光荣。小篮子提着，全是新摘下来的扁豆，散发出一缕一缕清香的味道。他收下扁豆，叫我好姑娘，在空篮子里放上两块糖，说，替我谢谢你妈妈。他这么一说，我真是高兴得不得了。有糖吃自然高兴，还有他谦和的语气，也让我莫名开心。

一年一年的，村庄见老了，七爷却不见老。前几年我回乡遇见，他还是那般样子，八九十岁的人了，耳不聋，眼不花，一顿饭还能喝掉半斤酒。全村人都把他当老佛爷了，家家有事，他都是座上客。

他的房子村人们给新修了，小瓦盖顶，门窗结实。只遗憾着，门前不见了胭脂花。

一把桑葚

好些年不吃桑葚了。某天，从一水果摊前过，看到包装得好好的桑葚，乌紫透亮的。不信，停下问，那是什么？卖水果的男人笑一声，桑树果啊。

这叫法一下子把久别的故乡，拉到我的跟前来。我的乡人们不买桑葚的账，他们只叫它，桑树果。直白又亲切，像唤邻家小儿郎大牛或小狗。尽管成年后，那孩子有比较文绉绉的学名，可在乡人们眼里，他就是大牛或小狗，哪能是别的什么呢。

那时，乡村多野生的桑树，长得又高又粗，和槐树们在一起。桑葚成熟的季节，孩子们乐疯了，成天攀在高高的桑树上不下来，嘴唇染得乌紫乌紫的。脸蛋染得乌紫乌紫的。小手染得乌紫乌紫的。连身上的衣，也被染得乌紫乌紫的。简直就是一个紫色的小人，只剩下两只眼睛忽闪忽闪的。这时候，家里的大人们多半是宽容的，不会责怪孩子弄脏了衣裳。有时，他们也会搁下农活，从地里上来，站树旁，摘上一把吃。

太多的桑葚，哪里吃得完？树下落厚厚一层，大家都懒得去捡的，任它把身下的泥土，染得乌紫蜜甜的。鸟飞过来帮忙。成群的鸟儿，小麻雀，白头翁，花喜鹊，野鹦鹉，它们欢聚一堂。桑葚成熟的时节，是它们的节日，那么多甜蜜的果实，它们想吃哪颗就吃哪颗。人这时大度得很，不与鸟计较，放任它们啄去。蓝蓝的天空下，人与鸟，共享这大自然的赏赐，不分彼此，其乐融融，幸福安详。我在回忆里沦陷，恨不得立即跑回童年去，重新被桑葚染紫。

傍晚，出门去散步，往郊外走。经过一堵围墙，那堵墙已立在那儿好几年了，里面圈着十来亩的地，是一家单位买下的。不知是没钱开发了还是别的什么意思，地一直荒芜着。附近的农民钻了围墙的铁门，在里面掏地儿种些蔬菜。我扒着铁门往里瞧，在蔬菜边上，看到许多的小野花。我忍不住钻进铁门去，想看清楚些，我如愿亲近到了那些小野花。就在我回头之际，意外看到站在墙边的一棵桑树，上面累累的，挂满紫得发亮的果实。桑树果啊！我高兴得差点跳起来，跑过去，一颗一颗摘了吃。甜蜜的汁液，瞬息间，把我的舌头淹没。

我想起《诗经》里的“于嗟鸠兮，无食桑葚”之句，这里的桑葚，有告诫的意思，告诫那些布谷鸟，你们不要贪吃桑葚啊。传说，布谷鸟吃多了桑葚，昏醉过去，险些丢了性命。这传说颇有趣，惹得我一通联想，是不是真有鸟儿吃多了桑葚而醉过去了呢？

“翠珠三变画难描，累累珠满苞。”这是清人叶申芗眼里的桑葚。他像欣赏名花似的，欣赏着那一树桑葚，慢慢地由翠绿变绛红、变绛紫，像宝珠似的，累累地挂在树上。对他的这份欣赏，我极认同，我吃着桑葚，遥遥地想对他说声感谢。倘若没有一颗热爱的心，哪里会看到枝头的“翠珠三变”呢？

我采一把桑葚，打算带给邻居家的小孩。他是不知这世上有桑葚的。现在，即使乡下的小孩，怕是也不大知道桑葚了。那种吃桑葚的野趣，到哪里去寻呢？

花香缠绕的日子

要集体搬去新校区了。

大家齐聚老校区，热热闹闹地拍照留念。我悄悄一个人，在校园里各处走了走。我走得很慢很慢，每一步里，都有着从前的影子。

12 年，整整 12 年，我在那里。

在那里，我结识最多的，是花。春天，图书楼西侧的榆叶梅开得噼里啪啦。围着墙角一圈儿的葱兰，慢慢儿地，也都开花了。最初看到那一朵一朵小小的白，低到尘埃，不声不响地开着，我真的很意外。想它们才是花中君子，守得住清贫孤寂。

办公楼前面是草坪。草坪的四周，都被花环抱了。鸢尾的花，是浅紫的，像大翅膀的蝴蝶。一度，我误以为它是蝴蝶兰。虞美人的花，是踮着脚开的，婷婷着，花瓣儿薄绸子一样的。我喜欢采几瓣，夹在书里面。我在教室里讲课，讲着讲着，翻开一页，看到那瓣“薄绸子”，会心地笑上一笑。打碗花是野生的吧？浅粉的小喇叭，一朵朵，跟精致的小酒盅似的，盛着日光的酒。月季的花，丰腴而妖娆，极有贵妃派头。我从那里经过，敌不过它的诱惑，凑过鼻子去，闻上一闻，满衣袖都沾着它的香。

通往教学楼道路的两侧，更是花们的天下。二三月份，水仙花开得茂密。我是第一次看见水仙花长在土里面，又朴实又活泼，有种娇俏在里头。四五月份，红花酢浆草开花了。粉红的小花朵，不过指甲大小，却层出不穷，一开一大片，像铺着花地毯，特别招惹小白蝶。小白蝶成群结队飞过来，好似又开出些白的花束。

茑萝开花了。花朵镶在细细的藤蔓上，跟小星星似的，文气得很。看到它，我总要想到《诗经》中的句子："茑为女萝，施于松柏。"当然，此花非彼花。但还是有着渊源的，因形态的相像，它把茑与萝的名字合二为一。

不得不说一下教学楼一侧的紫藤花廊。四月里，紫藤花开。那一条花廊，美得像吴冠中的画。画廊下，常有孩子们的身影在晃动。花映着孩子们的脸，孩子们的脸映着花，让人好生羡慕那样的时光，青春无可匹敌。

教学楼的东侧，有河，南北走向。河边树木森森。春天，一两树桃花，傍河而开。一枝枝艳粉的花，探到水里面。我会在那里流连忘返，想着醉倚桃红，亦是人间一大乐事。

紧接着，樱桃花该开了。结香该开了。凌霄花该开了。荷花玉兰该开了。七里香该开了。翠竹浓荫，我在楼上上课，稍一低头，便会闻到一阵一阵的花香。是荷花玉兰，或是七里香的。我和孩子们在花香里读书，书上的每个字，都是香的了。

秋天的校园，也是好看的。沿河的法国梧桐，叶片儿慢慢染上淡黄、金黄、褐黄，斑驳得像油画。花坛里的小雏菊们争先恐后挤挤挨挨地开了花，粉紫、深红、橘黄、莹白，颜色缤纷，总要开到初冬才作罢。

艺术楼墙上的爬山虎，叶片儿也渐渐变红了。在白的瓷砖上，尤为耀眼。一面墙上镶着那样的一两棵，美好得像宋词。

桂花隆重登场了。这花甫一盛开，就是满校园沸腾，香哪，香得四处乱窜。那些日子，我们走路都是一步一香的。上课也是。看书也是。我每在黑板上写一个字，每翻一页书，每说一句话，都有香气缠绕不休。

冬天，有蜡梅花开。那一年大雪，我在教室里上课，蜡梅花的香钻进鼻子里来，逗引得人心旌摇荡。哪里还上得下去课呢！我对孩子们说，不上课了，我们去雪地里玩吧。我就真的领着他们去雪地里玩了。我一边找寻着雪中的蜡梅，一边看孩子们在雪地里奔跑。他们欢笑的样子，像雪，散发出晶莹的光芒。

写到这里，一个词突然漫上心头，那个词，叫怀念。

是啊，真怀念啊。

栀子同心好赠人

在同事的办公桌上，发现花一朵，确切地说，是花骨朵儿一枚。惊喜地问，这不是栀子花吗？

——当然是栀子花。虽还是花骨朵儿，那香气，已染得满指皆是。同事慷慨地说，送你吧，回去养水里，慢慢开，连水都是香的。

还有叶也是香的，茎也是香的，骨头也是香的——整个的魂，都是香的。

这就是栀子花，香不惊人死不休。整个一浓妆艳抹的女子，风情都浸到骨子里了。却不惹人轻视，大俗即大雅。只是能把大俗变成大雅的，不是人人都能做到。对花来说，亦如是。

这是栀子花的本事。乡下老太太，对别的花花草草们，都熟视无睹着，唯独对栀子花，却表现出小女孩的惊喜来，哎哟，是栀子花呀。她们把它别在衣襟上，戴在发间，欢喜着，珍爱着，走远了的一颗少女心，又回转了来。看到的人会发出会心的一笑，没有人对此评头论足，大家都纵容着对栀子花的这份喜爱。

亲眼见过一老太太交代后事。其时她已病入膏肓，气息奄奄。她家院子内的栀子花，却开得蓬蓬勃勃，浓香扑鼻。她再三对守在身边的女儿说，她走的时候，一定要帮她把头发梳直了，要戴那顶红帽子，要记得摘几朵栀子花放她身边——人生走到尽头，不肯丢下的，还是体面和尊严。这体面和尊严，是世间最生动的美。

而栀子花无疑是美的。

一首歌里唱，栀子花，白花瓣。只这一句，它的清丽，已呼之欲出。而早在唐朝，就有个叫王建的诗人，把栀子花的美，写得入骨三分，“妇姑相唤浴蚕去，闲看中庭栀子花”。瞧瞧，庭院里的一棵栀子开花了，害得忙着去采桑浴蚕的姑嫂，一时间竟忘了要去做的事了，止住了匆忙的脚步。她们是先闻见栀子花的香的吧，如同打翻了香料瓶，洒得满庭院皆是。咦，是栀子花开了么？她们且惊且喜道。该是活泼的小姑子眼睛尖，在那肥绿的叶间，先发现了像一朵白云似的花朵，她忍不住一声惊叫，呀，真的是栀子花开了呀。立刻引得嫂子伸长了脖颈来看。白日头长长的，风吹得人发软。花与人，就那么相看两不厌。

这是俗世里的小温情。它给辛苦忙碌的心，抹上了一抹浓香，如嘉奖。寻常的人生，因此活出了欢喜，活出了滋味。

还是唐朝人，韩翃对栀子花，有着另一番深情，“葛花满把能消酒，栀子同心好赠人”。男人相聚的最高境界是，有酒有诗，还要有花。葛花用来消酒，千杯不醉。栀子用来赏心悦目，馈赠知音。有说栀子花又叫同心花的。真是爱极这同心一说，它让送的人欢喜，收下的人亦欢喜。

宋词里有“与我同心栀子，报君百结丁香”之句，动了情的男女，拿花来表情达意，你若送我栀子，我必报君丁香。这里的栀子，与爱情挂上了钩。爱情浓艳若此，怎不叫人迷醉？

两朵栀子花

书房内放有两朵栀子花，是前晚在外吃饭时一朋友送的。朋友先送我一朵，吃完饭，又从上衣口袋里小心地掏出一朵来，笨拙地，像护着一只小小的蝶。我极感动，一个大男人，把花藏在口袋里。这样的细节，特动人，顶得上千言万语。又能让一个男人，以如此喜爱的方式藏在口袋里的，大概只有栀子花了。

我对栀子花怀有特殊的感情，这样的感情缘于我的乡下生活。我童年最香的记忆，是有关栀子花的。那时，乡下人家的院子里都栽有一小棵栀子树的，也无须特别管理，只要一抔泥土，就长得枝叶葱茏了。

一进六月，满树馥郁，像打翻了香料瓶子似的，整个村庄都染了香了。一朵一朵的栀子花，歇在树上，藏在叶间，像刚出窝的洁白的小鸽子，暗香浮动。女孩子们可喜欢了，衣上别着，发上戴着，跑哪里，都一身的花香。虽还是粗衣破衫地穿着，但因了那一袭花香，再平常的样子，也变得柔媚千转。

我家院子里也长有一棵，每到栀子花开的时节，我和姐姐，除了在衣上别着，发上戴着，还把它藏袖子里，挂蚊帐里，放书包里，甚至，把家里小猫尾巴上也给系上一朵。那些栀子花开的日子，快乐也如一树的香花开。

早些天，在菜市场门口，我就望见了栀子花的。一朵一朵，栖落在篾篮里，如白蝶。旁边一老妇人守着，在剥黄豆荚。老妇人并不叫卖，栀子花独特的香气，自会把人的眼光招了去。就有脚步循了花香犹疑，复而是低低的一声惊呼，呀，栀子花呀。声音里透出的，全是惊喜。买菜找零的钱，正愁没处放，放到老妇人手上，拣上几朵栀子花，香香地招摇。

我也在篾篮前止了步，看篮子里的花朵，那些小白蝶一样的花朵，我真想它们都能有双翅膀。老妇人抬头看我一眼，笑道，这是栀子花呢。我点头，没有告诉她，这是我记忆里的花啊。那天，我没买花，我想着它们能飞翔的事。它们从我的从前，飞到现在，还会飞到将来去。

现在，朋友送的两朵栀子花在书房，伴我已有两天了，原先凝脂样的白，已渐渐染了淡黄，继而深黄，继而枯黄。但花香却一点没变，还是馥郁绕鼻，一推开书房门就能闻到。

这世上，大概没有一种花，能像栀子花一样，香得如此彻底了，纵使尸骨不存，那魂也还是香的，长留在你的记忆里。打电话回家，问母亲院子里的栀子树是否还在。母亲笑说，开一树的花了，全被些小丫头摘光了。眼前便晃过乡村的田野，晃过田野旁的小径，一群小丫头奔跑着，发上戴着洁白的栀子花，衣上别着洁白的栀子花，还在衣兜里装了吧？还在衣袖里藏了吧？

上网去，碰巧读到一解读花语的帖子，其中栀子花的花语挺有意思，那花语是：喜欢此花的你有感恩图报之心，以真诚待人，只要别人对你有少许和善，你便报以心的感激。

花向美人头上开

炎夏里，买一盆茉莉花放家里，最是合宜。

装它的盆子不必讲究，瓦盆子可以，泥盆子亦可以。纤细的茎上，缀着花骨朵儿几粒。小，小得如同绿豆一般。却不容你忽视，一经打开，瓣瓣莹白得晃眼，味道又香又甜，醇厚浓郁。仿佛它的那颗小心脏，是用香料做的。也总是这朵开了，那朵又冒出来，经久不息。

暑热里，你归家，才打开家门，一股子的香，就亲亲热热地跑来迎你，带着清凉甜蜜的气息，你满身的燥热，就那样散去。你不由得微笑起来，要感激，要热爱。家里搁着一盆茉莉花，你觉得这燠热难耐的夏天，也有了它的迷人处。

年迈的婆婆给茉莉花浇水。她打量着花，轻轻问你：“这什么花呀，这么小，却这么香。”

你认认真真告诉她：“这是茉莉花啊。”

她“哦”一声，是茉莉花呀。第二天，她给花浇水的时候，又轻轻问你：“这什么花呀，这么小，却这么香。”你还是认认真真地告诉她：“这是茉莉花啊。”

年老的人，记性不好了，在一盆花上纠缠。你愿意她如此纠缠下去，愿意十次百次地回答她："这是茉莉花啊。"缘分，把两个原本不相干的人，聚拢到一个屋檐下，一日一日，气息相融，滋养出生命中割舍不了的情分。

国人喜茉莉花，源远流长。早在晋代，就有"倚枕斜簪茉莉花"的风尚。到了唐宋时期，更是有过之而无不及。在长安大街上走着，冷不丁的，就能撞到一个头上簪满茉莉花的女人，她袭一身香气款款而行，让酷热的夏天，透出一丝清凉来。——"荔枝乡里玲珑雪，来助长安一夏凉"，说的就是这样的事。宋代诗人江奎，对茉莉花也是青睐有加的，他曾写诗夸道："虽无艳态惊群目，幸有清香压九秋。应是仙娥宴归去，醉来掉下玉搔头。"小小的茉莉花，虽貌不惊艳，可人家出生不凡哪，它原是仙姑簪在头上的呀，怨不得它会那么香。

到了明代，人们不单单争相种植茉莉花，还把它编了小调唱："好一朵茉莉花，好一朵茉莉花，满园的花草香也香不过它。"从南京唱响的这曲《鲜花调》，六百多年后，成了闻名遐迩的江南民歌《茉莉花》。

清人王士禄的茉莉花，则透着凡尘俗世的恩爱欢喜："冰雪为容玉作胎，柔情合傍琐窗隈。香从清梦回时觉，花向美人头上开。"一觉梦醒，香气绕鼻，恍惚中不知身在何处。睁眼四顾，原来，一旁的美人头上，簪了几朵茉莉花。花衬美人，美人衬花，还有比这更相宜的么！

梅雨过后，小城的路边，卖茉莉花的渐渐多起来，隔老远就能闻见它的香。有小女孩牵了妈妈的手，走到茉莉花跟前，蹲下来细看，她问妈妈：“这什么花呀？”妈妈答：“这是茉莉花呀。”小女孩凑近了闻，突然发现什么似的惊叫起来：“妈妈，好香啊，它的味道，像茉莉花茶。”

我在一旁听得哑然失笑，却又不由得有些感动，孩子的本心真是简单纯良得很，茉莉花自然是香得很像茉莉花茶的，不然还能像什么呢？

但愿这世上的每一个生命，都能做着它自己。

花间小令

四季海棠

我站在邻居家的院门前，看花。

那里长一蓬我不认识的花。满铺的小圆叶之上，碎碎的花瓣，抱成一团，朵朵红艳，实在好看。

邻居说，这是四季海棠啊。

你要吗？她热情地相问。我尚未答话，她已弯腰，“咔嚓”一下，掰下一枝来——我都替它疼了。

邻居说，只要插到土里，它就能活。

依言插到土里。不几日，这一枝四季海棠，竟变成了一大棵，生出无数的枝枝丫丫来。又过些日子，一棵变成了很繁茂的一簇，把整个花池都撑满了。

它开始安安心心地开花。也不急，一次只开一两朵，一瓣一瓣，慢慢开，总要等到五六天后，一朵花才全部开好，每瓣都红透了。看着它，我总觉得它像极会过日子的小主妇，节俭简朴，细水长流。

有时，我一连好些天忘了看它，再去看时，它还是那副气定神闲的样子，不紧不慢地开着它的花，一捧的肥绿，托着两三团艳红。时光在它那里，仿佛泊在老照片里的一缕月色，静谧而悠长。

霜降过几回，都有冰冻了。耐寒的菊们，也萎了精神。它却仍枝叶饱满，花开灼灼。路过的人会惊奇地说一声，瞧这海棠！肃杀清冷的日子，变得不那么难挨了。

油菜花

我们该为一些花鼓掌。

譬如，油菜花。

春天，我把吃剩的半棵油菜，随手丢在水碗里，想不到它竟在水碗里兀自生长起来，碧绿蓬勃，欢欣鼓舞。

我觉得有趣，搬它至窗台，那里，春风几缕，日日眷顾。三五日后，它撑出一撮一撮的花苞苞，精神抖擞着。再一日，我早起，看到的竟是一碗的黄灿灿——我水碗里的油菜花，已在不知不觉中，悄悄绽放了。

那是怎样的一种盛放啊，如井喷如泉涌，不管不顾，酣畅淋漓，是把整个心都捧出来的一场燃烧。虽远离原野，可它却一点也不沮丧，不气馁，拿水碗当舞台，一招一式都丝毫不马虎，瓣瓣染金，朵朵溢彩。

我在屋里转一圈，就又凑到它的跟前去了。什么时候见它，它都是一副热心肠，捧出所有的金黄，是恨不得为你粉身碎骨的。所有的油菜花，原都是女中豪杰。

我很想向一朵油菜花学习，纯粹而热烈地活上一回，不辜负春风，不辜负自己。

葱兰

葱兰这名字叫得好，又像葱又像兰。叶是葱绿，花是素白。墙脚边蹲着，一排；或在花坛边立着，一圈。不吵不闹，安静恬淡，如乖巧的小女儿。

起初谁会注意到它呢？野草一般的，相貌实在平平。

我去收发室取信，路过图书楼，阴山背后就长了这么一棵棵。日日晴天，它却分享不到一点阳光，但它好像并不在意，照旧欢欢喜喜地生长着，绿莹莹的，如葱如韭。

后来的一天，花开了，小小的白，小白蛾似的，层出不穷地冒出来。在人的心上，扇动起讶异和温柔来。哦，它真是乖！屋后的阴影，被它映照得一派明媚。

我摘一朵，带给收发室的大姐。大姐驼背，身体变形得厉害，据说是年少时一场病落下的。换作别人，早就自卑得不行，可她却活泼开朗，喜欢穿鲜艳的衣裳，喜欢摆弄头发，发型常换。每回见她，都是快快乐乐的，让你再灰暗的心，也跟着明快起来。

大姐把我送的花，很爱惜地用水杯养着。隔日再去，我人还未到近前，她就高兴地告诉我，你送的花还在开呀。去看，果真的，一小朵的白，在水杯里，盛放着，丝毫不减它的秀美。

它还有个别称叫韭菜莲，韭菜一样碧绿青翠，莲一样不蔓不枝，清新脱俗。亦是很形象很贴切。

婆婆纳

每次看到婆婆纳，我总忍不住要笑，是会心一笑。像见到一个可爱的人。

不管它只身在哪里，我都能一眼认出它。在云南的玉龙雪山上，在辽宁的冰峪沟里，或是在我的花盆中。花盆里一株杜鹃开得灼灼，它趴在杜鹃根旁，探着小小的脑袋，蓝粉的小脸，笑嘻嘻的。被杜鹃遮着挡着，亦不觉得委屈。

乡下广袤的田野里，沟边渠旁，到处有它。同属野草类，蒲公英和野蒿，长得又高挑又张扬，在风里招摇。它却内敛得很，趴在一丛茅草中，或是一棵桑树下，守着身下一片土，慢悠悠地，吐出一小片一小片的蓝，如锦，美得一点也不含糊。

我总要在它的名字上怔上一怔。婆婆纳，婆婆纳，是细眉细眼的小媳妇，孝顺，贤惠，一入婆家，就被婆婆喜着疼着。没有华衣美服，没有玉食金馔，也没有姣好容貌，却心灵手巧，踏踏实实，把一段简朴的小家日子，过得红红火火，活色生香。

这世上，多的是平凡人生，只要用心去过，一样可以花开如锦。

木槿

最初读《诗经》，我曾被“有女同车，颜如舜华”之句惊艳。“舜华”指的是木槿花。如木槿花一样的女子，该是何等美好。

木槿，乡下人不当花，是当篱笆的，院边栽一排，任它在那里缠缠绕绕。它在五月里开始开花，一开就是大半年光景。朝开暮落，白白紫紫，讨喜的小女孩般，“巧笑倩兮”，一派天真。现在想想，那时的乡下小院，虽贫瘠着，然有木槿护着，又是多么奢侈华丽。

如今，城里多植木槿，路边，河旁，常能遇见。满目的深绿浅绿中，三五朵紫红，三五朵粉白，分外夺目，让遇见的心，会欢喜起来，哦，木槿呢！

乡下却少有它的踪迹了，喜欢木槿的老一辈人，已一个一个离去。乡下小姑娘来城里，不识路旁的木槿，我耐心地告诉她，这是木槿啊，以前乡下多着呢。

这么说着，鼻子突然莫名地有些酸涩。时光变迁，多少的人非物也非，好在还有木槿在，年年盛放如许。

它又名无穷花。我喜欢这个名，生命无穷尽，坚韧美丽，生生不息。

艾草香

对艾草，是老相识了。

乡村的沟沟渠渠里，一是艾草多，一是芦苇多。它们在那里熙熙攘攘，自枯自荣，世世代代。除了偶尔飞过的鸟雀，平时大概再没有谁会惦念它们。但乡人们都知道，它们在呢，就在那片沟渠里，枕着风，傍着水，枝繁叶茂，不离不舍。一到端午，家家户户门窗上都插上了艾草，满村荡着艾草香。

羊却不爱吃，猪也不爱吃，大概都是嫌它气味的霸道。它是草里的另类，做不到清淡，从根到茎，从茎到叶，气味浓烈得汹涌澎湃，有种豁出去的决绝。采艾的手，清水里洗过好多遍了，那艾草的味道，还久久停留在手上，不肯散去。苦中带香，香中带苦，你根本分不清到底是苦多一些，还是香多一些。苦乐年华，它一肩扛了。

所以，它独特，在传统的民俗里，万古长存。早在《诗经》年代，就有了“彼采艾兮”的吟唱。说是唱爱情呢，我却觉得是唱它。它被人们赋予了神圣，用以寄托愁思，聊解忧伤。

南朝梁宗懔的《荆楚岁时记》中也曾有记载：“五月五日采艾为人，悬门户上，以禳毒气。”说的是端午节这天，人们争相采艾，扎成人的模样，悬挂于大门之上，以消除毒气灾殃。不过是普通植物，却担当起驱毒辟邪的重任，这是艾草的本事了。有时，保持个性，坚守自己，方能脱颖而出。在这一点上，我们人类，得向一棵艾草学习。

可能是小时的记忆作怪，多少年来，我一直以为艾草只在水边生长——这是我的孤陋了。福建有文友说，他们家乡的山上，漫山遍野，都长着艾草。人们也食它，三月里，艾草正鲜嫩，采了它，拌上糯米粉，包上芝麻、白糖做馅，蒸熟，即成艾糍粑。咬上一口，香软甘甜，鲜美无比。这吃法让我惊异，有尝试的欲望。想着，等来年吧，等三月天，一定去采了艾草回来吃。

小区里，爱种花的陈爹，在他的小花圃里，种上了艾。六月的天空下，一丛红粉之中，它遗世独立的样子，让人一眼认出，这不是艾草吗！

陈爹笑，眼光缓缓地落在它上面，说，是啊，是艾草啊。

种这个做什么呢？问的人显然有些好奇了。

陈爹不急着作答，他弯腰，眯着眼睛笑，伸手拨弄一下那些艾。他说，可以驱虫的。你看，它旁边的花长得多好，不怕虫叮。

哦——围观的人一声惊呼，恍然大悟，原来，它做了护花使者。

陈爹种的艾草，现在正插在我家的门上。不多，一棵，茎与叶几乎同色，灰白里，浸染了淡淡的绿。香味很地道，开门关门的当儿，它总是扑鼻而至，浓烈，纯粹。这是陈爹送的。他爬了很高的楼梯，一家一家分送。他说，要过端午节了，弄棵艾你们插插。

我不时地望望，闻闻，心里有欢喜。端午的粽子我早已不爱吃了，然过节的气氛，却一点没削减，因了这一棵温暖的艾。

大丽花

大丽花是祖父种的。

据说祖父年轻时是个好玩的角色，听戏，扎风筝，侍弄花草……等我有了记忆，祖父已是祖父了——一个严肃的小老头儿。世事历尽沧桑，曾经的繁华和热闹，成了他偶尔眯起眼睛打的一个盹儿。他种的花花草草，也只剩下大丽花了。

大丽花是长在屋檐下的，大门的两侧，左边一丛，右边一丛。花开的时候，人从大门口进进出出，就在大丽花的左环右抱之中了。玫瑰红的一朵朵，深深浅浅。映衬得我们的粗布衣衫，也有了别样的动人。

那花，不香，但极艳丽，硕大。花开得最好的时候，有碗口那么大。小而扁圆的花瓣儿，重重叠叠，吐出一层是艳丽，再来一层，还是艳丽，如年华正好的女子，随意一个眼波流转，都堪称惊艳。

祖母叫不出来大丽花的名，老是把它唤成大米花。这叫法实在有趣，让人暖暖地想，是一粒大米掉在地上开了花呀。表情严肃的祖父，听祖母如是叫，会笑呵呵地说她，真笨。祖母回他，你才笨。这是记忆里，他们最具温情的对话。

村人们也喜欢这么叫，大米花大米花的，仿佛唤自家女儿。他们走过我家门口，看到那艳艳的一朵朵花，会情不自禁对我祖父说一声：“四爹，你家的大米花，开得真好看呀。”祖父的脸，便大米花一样盛开了，开心地看上花两眼，然后背着手在门口转悠，很自得的样子。

也难怪祖父会得意了，全村其他人家都没有大丽花，单单我家有。我家因有了大丽花，便显出有点与众不同来。村里的女孩子们，都爱在我家门口转，为的是得到一朵两朵的大丽花。她们把花戴到发梢上，美滋滋地迎着风跑。

一天，一个收破烂的从我家门口过，四五十岁的大男人，居然目不转睛盯着我家门口的大丽花看，而后叹一声，真好看。祖母是个心肠特别好的人，见人家如此喜欢，就掐一朵送过去。那男人高兴地接了，把它插在车把上，红艳艳的一大朵大丽花，就开在男人的车把上了。男人骑着车，继续去收他的破烂，却与先前有些不一样了，笑是荡在眉间的，一朵花在风中开着，惹得看见的人，也不由自主跟着笑。

我家的大丽花，后来因房子拆迁，消失了。

某天，我翻找一份资料，竟看到久违的大丽花，红红白白地，开在一幅图片上。旁有文字介绍，说大丽花又称“大理菊”，原产墨西哥，有各种花色。白的大丽花我没见过，我固执地以为，玫瑰红的那一朵朵，才是最最美丽的。就像风中车把上开着的那一朵，一直灿烂在我童年的记忆里。

满架蔷薇一院香

迷恋蔷薇，是从迷恋它的名字开始的。

乡野里多花，从春到秋，烂漫地开。很多是没有名的，乡人们统称它们为野花。蔷薇却不同，它有很好听的名字，祖母叫它野蔷薇。野蔷薇呀，祖母瞟一眼花，语调轻轻柔柔。臂弯处挎着的篮子里，有青草绿意荡漾。

野蔷薇一丛一丛，长在沟渠旁。花细白，极香，香里，又溢着甜，是蜂蜜的味道。茎却多刺，是不可侵犯的尖锐。人从它旁边过，极易被它的刺划伤肌肤。我却顾不得这些，常忍了被刺伤的痛，攀了花枝带回家，放到喝水的杯里养着。

一屋的香铺开来，款款地。人在屋子里走，一呼一吸间，都缠绕了花香。年少的时光，就这样被浸得香香的。成年后，我偶在一行文字里，看到这样一句：“吸进的是鲜花，吐出的是芬芳。”心念一转，原来，一呼一吸是这么的好，活着是这么的好，我不由得想起遥远的野蔷薇，想念它们长在沟渠旁的模样。

后来我读《红楼梦》，最不能忘一个片段，是一个叫龄官的丫头，于五月的蔷薇花架下，一遍一遍用金簪在地上画“蔷”字。在那里，爱情是一簇蔷薇花开，却藏了刺。但有谁会介意那些刺呢？血痕里，有向往的天长地久。想来世间的爱情，大抵都要如此披荆斩棘。甜蜜的花，是诱惑人心的狐。为了它，可以没有日月轮转，可以没有天地万物。就像那个龄官，雨淋透了纱衣也不自知。

对龄官，我始终怀了怜惜。女孩过分地痴，一般难成善果。这是尘世的无情。然又有它的好，它是枝头一朵蔷薇，在风里兀自妖娆。滚滚红尘里，能有这般爱的执着，是幸运，它让人的心，在静夜里，会暖一下，再暖一下。

唐人高骈有首写蔷薇的诗，我极喜欢：

绿树阴浓夏日长，楼台倒影入池塘。

水晶帘动微风起，满架蔷薇一院香。

天热起来了，风吹帘动，一切昏昏欲睡。却有满架的蔷薇，独自欢笑，眉眼里，流转着无限风情。哪里经得起风吹啊？轻轻一吹，散开的，是香。再轻轻一流转，散开的，还是香。一院的香。

我居住的小城，蔷薇花多。午后时分，路上行人稀少，空气都是懒懒的。蔷薇从一堵墙内探出身子来，柔软的枝条上，缀满一朵一朵细小的花。花粉红，细皮嫩肉的样子。此时此刻，花开着，太阳好着，人安康着，心里有安然的满足。

是啊，真好啊。一年有这样一场桂花开，人生里，也就多出许多的不舍来。纵使遇着这样的不顺、那样的艰难，仍有这般的好时光，它不会负你。活着，也便值了。

染教世界都香

麦浪滚滚

五月布谷鸟叫，布谷布谷——像短笛吹奏，清脆的一两声，绕着城市上空，一路向着城外飘去了。这“笛声”牵人，人的脑子里立即显现出一幅欢乐丰收图来：一望无际的农田里，麦浪滚滚，像滚着一堆又一堆的碎金子。阳光锡箔儿似的，在麦浪上跳。

乡下的孩子，从小就亲近这样的图画。每闻布谷鸟叫，田里的麦子们，仿佛就在一夜之间，全都被镶上了金，乡下村姑成皇贵妃了，华丽而且雍容。农人们忙得脚不沾地，麦子就要收割了，棉花就要播种了。收割的前夕，孩子们便有了一个大任务，在麦田边看护麦子，追逐来偷食的雀。这任务孩子们很乐意，持了根长长的竹竿，很神气地在麦田边奔跑。风吹，麦浪翻滚，一波又一波，像黄绸缎铺开来，淹没了小小的人，觉得自己也成为一株金色的麦穗了。那景象，镌刻在记忆里，再难忘去。

我们去寻找从前的麦浪。一行人，跟着布谷鸟，一路向着城外寻去。走

过一个村庄，再一个，却极难见到成片的麦浪了，有的只是零星的。村庄旁不长麦子了，麦子太忙人，村庄的人，却越来越少。村庄只好长了别的植物，或干脆只长着草。

好不容易逮着了一个村子了，眼睛里跳出一整片的麦地来，大家几乎要欢呼了，立即冲下车去。

小河横亘。有人家在河边居住，三间老平房，屋门落锁。一只狗蹲在家门口，很尽职地守着家。看到我们这群陌生人，狗兴奋地大呼小叫起来，寂静的村庄，一下子有了喧闹的感觉。

我们站在小河的石桥上，打眼四下望。桥下水浅，已看不出水的颜色，全被浮萍遮住。河边有几棵树，歪着长，很有些年纪的样子，倒是蓬勃出一汪生命的绿。树下杂草丛生。杂草丛中，一簇的胡萝卜花，开得恣意，上面蜂蝶忙碌。这是记忆里的村庄，熟悉，又陌生着。

有妇人经过，好奇问，做什么呢？我们答，来看麦子的呢。

哦，今年的麦子不好，她说。脸上的表情，也无风雨也无晴。

我们心里倒是一怔，赶忙跑下桥去看麦子。几块麦地里，麦子倒伏许多，像遭了劫。突然联想到前几日刮的那场大风，横扫天地的架势，麦子们如何能承载。

一老农跟过来，看我们倚着麦地作背景拍照。他慷慨地拔一把麦穗，让我们拿在手上，作拍照的道具用。他说，今年的麦粒也不饱呢。我们低头看，的确是，麦穗轻轻。有点忧心，村庄若是都不长麦子了，城里的面包从哪里来？

太阳打在一片麦子上，闪烁着金色的光芒。一阵风来，麦浪推着麦浪，向着不远处的田边去了。不远处，村人们的房子，像积木搭成的城堡，安静在五月的天空下。天上飘动着一朵朵白，一朵朵蓝，像从前。身旁的老农，弯腰把那把麦穗捡了，拿回去喂鸡。

我们回过头，经过小桥。河边人家的那只狗，不再吠了。它蹲在家门口，眼光越过河边的杂草丛，安静且温柔地望着我们一步一步走近。狗也是寂寞的，大概已把我们当作熟人了，眼睛里有了挽留的意思。

【真题链接】

1. 根据提示，在横线上分别填写一个字，理清文章思路。

______麦浪______麦浪 ______麦浪

2. 第②自然段回忆儿时守护麦田的情景有什么作用?

3. 品味下面两句中“跳”字的妙处。

(1)阳光锡箔儿似的，在麦浪上跳。

(2) 眼睛里跳出一整片的麦地来，大家几乎要欢呼了，立即冲下车去。

4. 文章结尾和下列材料都运用了拟人手法，带有魔幻色彩，这样写有何用意?

【材料】老树是通灵的，它预知被伐，将自己的灾祸先告诉体内的寄生虫。于是弱小而坚韧的民族，决定远征，一如当初它们远征而来。每一个黑斗士离巢后，先在树干上绕行一周，表示了依依不舍。这是那个乡下来的清道妇说的。这就是落幕了，它们来参加树的葬礼。（节选自王鼎钧《那树》）

佳句摘抄

★风吹，麦浪翻滚，一波又一波，像黄绸缎铺开来，淹没了小小的人，觉得自己也成为一株金色的麦穗了。那景象，镌刻在记忆里，再难忘去。

★桥下水浅，已看不出水的颜色，全被浮萍遮住。河边有几棵树，歪着长，很有些年纪的样子，倒是蓬勃出一汪生命的绿。树下杂草丛生。杂草丛中，一簇的胡萝卜花，开得恣意，上面蜂蝶忙碌。这是记忆里的村庄，熟悉，又陌生着。

★河边人家的那只狗，不再吠了。它蹲在家门口，眼光越过河边的杂草丛，安静且温柔地望着我们一步一步走近。狗也是寂寞的，大概已把我们当作熟人了，眼睛里有了挽留的意思。

【阅读有道】

吹尽狂沙始到金

优秀的文学作品，往往深刻地反映了作家的内心世界，表达了作家对这个世界的情感态度。阅读，就要准确把握理解作家所要表达的这种情感态度。

安史之乱之后，杜甫目睹大唐的衰落，百姓的艰难，在《自京赴奉先咏怀五百字》中写下这样的千古名句：朱门酒肉臭，路有冻死骨。在这首诗中，杜甫艺术地反映了安史之乱给大唐帝国带来的破坏，给广大人民带来的灾难，表现了诗人对时局的担忧，对百姓的同情。但是这种思想感情作家大多不是直言其事的，而是含蓄委婉地表达出来。这，正是文学作品与政论性文章的重要区别之一。

我们如何才能理解作家在文学作品中所要表现的情感态度呢？

刘禹锡在《浪淘沙》中说：千淘万漉虽辛苦，吹尽狂沙始到金。

有一个成语“披沙拣金”，出自刘知几《史通·直书》：“然则历考前史，征诸直词，虽古人糟粕，真伪相乱，而披沙拣金，有时获宝。”

无论是“千淘万漉”，还是“披沙拣金”，都是要从大量语言材料中去慢慢、细细地揣摩，分析作家的情感态度。

经历改革开放，我们国家取得了翻天覆地的变化，但是随着城市化的进一步加深，乡村的萎缩、空心化，也引发了不少人的担忧。丁立梅老师生于乡村、长于乡村，乡村给了她创作的源泉，是她精神世界不可或缺的一部分，她对乡村的现状也隐隐有忧。

她描绘往昔夏日麦子成熟的乡村，“田里的麦子们，仿佛就在一夜之间，全都被镶上了金，乡下村姑成皇贵妃了，华丽而且雍容。”“风吹，麦浪翻滚，一波又一波，像黄绸缎铺开来。”在她笔下，翻滚的麦浪，是乡村夏天的标志；铺开来的“黄绸缎”，是作者内心对麦浪最美的褒扬，麦子对于作者，不再是简单的麦子，而是亲密的朋友，作者称之为“麦子们”，以至于在麦田边看护麦子驱逐麻雀的少年“觉得自己也成为一株金色的麦穗了”，这是怎样的一种喜悦？杨朔在《荔枝蜜》中，也曾经梦见自己变成一只小蜜蜂。

但是，往昔不再，乡村再难见到成片的麦浪。好不容易见到一处，“大家几乎要欢呼了，立即冲下车去”，“欢呼”“冲”，充分表现了作者与老朋友再见面时候的激动，不仅如此，还要以麦浪为背景拍照——谁知道下次还能在哪儿看到滚滚麦浪呢？临行之时，自是恋恋不舍，但作者却说，“狗也是寂寞的，大概已经把我们当作熟人了，眼睛里有了挽留的意思”。其实哪里是狗在挽留，实在是作者在不舍！

阅读，是读者与作者的对话，而文本就是对话的桥梁。要读懂作品，理解作者，有所体悟，就要从文本中“披沙拣金”。

薄荷，薄荷

不知它打哪儿来，最初的记忆里，就有它。屋后吧，凤仙花开得呼啦啦、呼啦啦，而它，姿态优雅地站立其中，恬淡地注视着，仿佛在看一群活泼的孩子，以一颗包容欣赏的心，由着它们热闹去。

最是奇怪大人们，咋就知道屋后有薄荷呢？他们是从来不看那些凤仙花的，但他们就是知道，哪里有凤仙花，哪里有薄荷。在他们眼里心里，每种植物的生长，都是天经地义的事，值不得大惊小怪，如同日升月落。他们吩咐一声："去，到屋后掐几片薄荷叶子来。"那是因为孩子们身上生痱子了，奇痒无比。孩子们得令，"嗖"一声飞奔过去，胡乱掐上一把来，满指满掌，皆是薄荷香啊。他们拿它冲了热水，给孩子们泡澡，孩子们的身上，散发出薄荷经久的清凉。还真是神奇的，只要洗上两次薄荷浴，孩子们身上的痱子就不痒了，不知不觉，消失了。

也有用薄荷泡茶喝的。不用多，沸水里丢下两片叶子足矣。我的父亲有个白瓷大茶缸，他每天早上外出干活，都泡上一大茶缸薄荷晾着。暑热里归家，来不及脱了草帽，就奔向它，抱着它咕咚咕咚大灌一气，满足地叹一声：“真过瘾啊。”秋深时节，薄荷也凋零，那个茶缸没有薄荷可泡了，我们拿了它去清洗，手指上缠绕的，竟都是薄荷的味道。长长久久。

看过一个有关薄荷的神话：希腊冥王哈得斯爱上了善良的精灵曼茜，冥王的妻子佩瑟芬妮知道后，妒火中烧。她念魔咒把曼茜变成了一株小草，长在路边任人践踏，以为从此拔去眼中钉。让佩瑟芬妮怎么也没想到的是，曼茜变成的小草，身上竟散发出一股奇异的清香，赢得越来越多的人的喜爱，人们亲切地唤它，薄荷，薄荷。

喜欢这个故事，有德之人，必有神灵护佑，纵使她变成一株不起眼的小草。而薄荷的花语，恰恰是“有德之人”。从它的茎，到叶，到花，无一处不是清香与清凉的，可食，可入药。用薄荷做成的糖果与食品，多不胜数。最地道的，要数薄荷糖。过去贫穷年代，唯有它，可以与穷人相依为命。薄薄的纸袋，一袋装十粒，一毛钱就能买一袋。劳作疲惫的时候，拣一粒放嘴里，从嘴到心，立即被清凉填满。我的祖父祖母喜欢吃，我的父亲母亲喜欢吃，我们，也喜欢。

离故乡远了，以为离薄荷也远了。却于某一日，在我家花坛里，那开得满满的红的、黄的美人蕉中，发现了一抹不一样的绿，凑近了看，竟是一株薄荷。或许是风吹过来的，或许是鸟衔过来的，或许是泥土本身带来的……它来了。我很吝啬地掐一片叶，置在枕边，于是清凉满枕。我多日的失眠，竟不治而愈。

从未谋面的文友，说要到我的小城来看我。我说："好，你来吧，我家里还长了薄荷。"她"扑哧"一声，在电话那头笑了，说："这个理由好，我不是去看你，我是去看薄荷的。"

【真题链接】

1. 本文以“薄荷，薄荷”为题，你认为好在哪里？

2. 文中有一句话高度概括了薄荷的作用，请从文中找出来并写下来。

3. 第④自然段叙述了一个有关薄荷的神话，请说说其作用。

4. 用简洁的语言概括第⑥自然段的内容，并说说作者这样写的用意。

5. 揣摩下列句子，回答括号里的问题。

（1）秋深时节，薄荷也凋零，那个茶缸没有薄荷可泡了，我们拿了它去清洗，手指上缠绕的，竟都是薄荷的味道。长长久久。（细细体味句中“长长久久”的表达作用）

（2）我很吝啬地掐一片叶，置在枕边，于是清凉满枕。我多日的失眠，竟不治而愈。（句中“吝啬”一词换成“小心”可以吗？为什么？）

佳句摘抄

★屋后吧，凤仙花开得呼啦啦、呼啦啦，而它，姿态优雅地站立其中，恬淡地注视着，仿佛在看一群活泼的孩子，以一颗包容欣赏的心，由着它们热闹去。

★我的父亲有个白瓷大茶缸，他每天早上外出干活，都泡上一大茶缸薄荷晾着。暑热里归家，来不及脱了草帽，就奔向它，抱着它咕咚咕咚大灌一气，满足地叹一声：“真过瘾啊。”秋深时节，薄荷也凋零，那个茶缸没有薄荷可泡了，我们拿了它去清洗，手指上缠绕的，竟都是薄荷的味道。长长久久。

★离故乡远了，以为离薄荷也远了。却于某一日，在我家花坛里，那开得满满的红的、黄的美人蕉中，发现了一抹不一样的绿，凑近了看，竟是一株薄荷。

【阅读有道】

绘声绘色得其真

清朱庭珍《筱园诗话》卷一有言：“必使山情水性，因绘声绘色而曲得其真。”绘者，描绘也。有人曾说，倘若把一篇文章比作一个人，叙事是文章的骨架，那么，描写就是文章的血肉。

文章，因为有了描写而更丰满，更逼真，更传神。

古代文学，尤其是山水诗、山水游记中极其注重生动传神的描绘。王维《使至塞上》中“大漠孤烟直，长河落日圆”，以“直”“圆”二字描绘孤烟长河之形；杜牧《江南春》中“千里莺啼绿映红”，以“绿映红”描绘江南春天色彩之艳丽鲜亮。虽说描摹声音最难，但是白居易《琵琶行》中“大弦嘈嘈如急雨，小弦切切如私语”，以“嘈嘈”“切切”来描摹不同弦的不同表现力；吴均《与朱元思书》中“泉水激石，泠泠作响；好鸟相鸣，嘤嘤成韵”，以“泠泠”“嘤嘤”描绘“泉水激石”“好鸟相鸣”的声音，皆可谓生动传神。

丁立梅散文也擅长描摹，善于“绘声绘色”。

《薄荷，薄荷》中这样写色彩：在我家花坛里，那开得满满的红的、黄的美人蕉中，发现了一抹不一样的绿。红、黄描摹美人蕉的颜色，绿描摹薄荷的颜色。色彩简单，对比强烈而和谐，让人悦目赏心。试想，如果去掉了描绘色彩的词语，其结果是什么？枯燥、平淡，毫无美感可言。

《薄荷，薄荷》最令人称道的是对声音的描摹：凤仙花开得很盛，则“呼啦啦，呼啦啦”，似乎让人看见了凤仙花的蓬勃之势；孩子们得了家长的“将令”去摘薄荷叶子，则是“嗖”的一声飞奔过去，似乎耳闻了箭从拉满了的弓上射出后与风摩擦时的声音，亲眼目睹了小孩子飞奔过去的情形，也似乎目睹了小孩一脸的兴奋与喜悦；父亲劳作后归家，抱着大茶缸猛灌一气薄荷茶则是“咕咚咕咚”，读者则似乎看到了父亲手捧大茶缸仰面灌茶的情形，似乎听到了薄荷茶由口而喉，最终落入肚肠的声音，也似乎看到父亲劳作虽然辛苦，但因了薄荷茶而心满意足的情形；文友听闻作者说“好，你来吧，我家里还长了薄荷”这样无厘头的理由，深感得趣地笑了，则是“扑哧”一声，让读者仿佛听到文友听闻作者所言之后忍俊不禁，最终笑了出来的声音。这些对声音的描摹，极大地丰富了语言的表现力，很好地表达了不同人物在薄荷面前的情感态度，让人读来如闻其声，如见其人。

描绘，当然不仅是绘声绘色，还得绘形、绘“味”，作者写薄荷之味，“我们拿了它去清洗，手指上缠绕的，竟都是薄荷的味道。长长久久。”用一个“绕”字，化无形为有形，传神地描绘了出来。

文学，是语言的艺术，生动传神的描绘则是语言艺术王冠上一颗璀璨的宝石。

【经典赏析】

一似美人春睡起

喜欢美人蕉这花名。花用美人命名，暗地里便生了软香。读过一首写美人蕉的诗：“芭蕉叶叶扬瑶空，丹萼高攀映日红。一似美人春睡起，绛唇翠袖舞东风。”端的是翠袖红装，极尽妩媚。

花却不似美人般娇贵，它随处可以长，极大众化。

那年去珠海，满城都是美人蕉。后来我坐车去荒郊野外，见得最多的，也是美人蕉。在路旁，在野地里，不管不顾地盛开着，大把大把地艳着。

归来时，路过韶关，去看在那里定居的伯伯一家。伯伯早些年也在我们苏北乡下住，生有一儿，即我的堂哥。堂哥成年后，做乡村代课教师，娶妻生子。以为这样的美满会终老，但堂哥和堂嫂在婚姻里有了诸多不合，堂嫂爱上别人。这对一个男人来说，是极具羞辱性的。堂哥一气之下，远离家乡外出求学，辗转到广东。其间，睡过码头、桥洞，去工地扛过水泥包。

那时，堂哥写信回来，伯伯每读一回，都要哭一回。再后来，堂哥考上海南某所大学，学成归来，四里八乡都震动了。但堂嫂还是不待见他，带着孩子，跟了她喜欢的人去。从此，家乡对于堂哥来说，是块伤心地，却还要魂牵梦萦地想。遇到家乡人去，必问家里情况，问及他的孩子，留下话来，随孩子的愿，等孩子成年了，如果想来认他这个父亲，他随时敞着门的。这话听来让人唏嘘，人世间，就有这样的不完满，谁能说得清？

伯伯年纪一年大似一年，被堂哥接到韶关去，扔了家里的四合院。看到我，伯伯欢喜得围着我转，这人那人的，凡他熟悉的，都问了个遍。末了，叹："院子里的草，怕是长很高了，屋后的美人蕉，怕是也开花了。"

堂哥家的阳台上，摆满美人蕉，一盆一盆的，花开得艳艳的，有红有黄，热闹得有些寂寞。我不知怎么安慰伯伯，就跳过去看花，我说这美人蕉，开得可真漂亮啊。

我回家时，伯伯用报纸包一团东西，塞到我的箱子里。我问："什么呀？"伯伯孩子气的狡黠，说："现在不许看，回家看，包你喜欢。"他送我到门外，抬袖抹泪，说："再来啊，再来啊。"

一天一夜的火车，我到家，展开包着的报纸，竟是一株开得好好的美人蕉。

花池里的扁豆

一颗扁豆种子，像一枚小纽扣，亦像一只小眼睛。婆婆把它托在掌心，问我：“能不能种在门口的花池里？”

花池也小，院门一侧，砌了一个，花盆般大，里面已被美人蕉占了天地，哪里有供扁豆生长的空间？婆婆说：“扁豆只要一点点地方，就可以长出来的。”

那么，好吧，种下，种下。

其实，并没指望它能生根发芽，更没指望它能蓬勃起来开花结果。城里的空间如此局限，哪里有它舒展的余地。然而，它却生根了，发芽了，抽茎了，长叶了。起初，也只那么小小的绿，羞怯怯地，从肥硕的美人蕉下面探出头来。眼尖的邻居看见了，稀奇地叫：“这不是扁豆吗？”

当然是扁豆。

“咦，你家还在花池里长扁豆，长了做什么呢？这一丁点儿地方，怕是长不起来的。”平时话语并不多的邻居，因这花池里的扁豆，驻足流连在我家院门口，说了一连串的话。

我笑着回："长着玩的，当花草养呢。"我的脑中蹦出郑板桥那句极有画意的诗句："满架秋风扁豆花。"我想象着，不久的将来，我将是满墙秋风扁豆花的。

也只是如此想象着，并不当真。它是那么纤弱，并无充足的养料供着，要爬满墙头，当是做梦吧。倒是眼瞅着美人蕉开花了，一朵接一朵，红红黄黄。吐出一朵，再来一朵，吐不尽似的。像小时看魔术师表演，不知那魔术师藏了多少红的黄的绸带，扯出一根来，再扯出一根来，手上红红黄黄一堆儿了，他那里仍在扯不尽地扯着。

扁豆呢？扁豆淡定得多了。时光里，它不紧不慢地迈着小碎步，藤蔓一点一点牵出来，叶子一片一片冒出来。看似漫不经心，实际上，人家却是处处存了心的。它先是不声不响地占下花池，把美人蕉挤到一隅。这还不够，它还爬上院墙，爬到再无处可攀，便又顺了墙体，爬进院子里。绿，一路绿着。我从院门口走过，它的藤蔓垂下来，碰着我的头。

花开。一串，一串，紫的，镶着白色的边儿，微微昂着小脸蛋，对着清风朗日。每一小朵，都像一个浅浅的笑，好看得很。

一只斑斓的大蝴蝶。很显然，它是冲着这蓬扁豆来的。它绕着扁豆飞，一会儿伏在这朵花上面，一会儿停在那朵花上面，奢侈得不行。我站定在一旁，微笑着看，我当它是上天送我的礼物。我想到一个人，一个女人，她因患侏儒症，从小受尽冷眼与嘲讽，书也只读到小学。父母曾为她的出路愁断肠，半夜三更坐床上苦叹："肩不能担担，手不能提篮。"她却不言不语，暗下里学会了缝纫，专做童装。她做的童装，比商场里卖的还好看。后来，她在老街上，开了一家裁缝店，名声慢慢做大了，不少人慕名带了孩子，走上很远的路，去找她做衣裳。

亦相遇到喜欢的人，那人人高马大，竟不嫌弃她的矮小，心甘情愿给她打下手，独飞的鸟儿成了双。不久，她生下个漂亮的女儿，日子过得幸福美满。

这世上，总有些奇迹会发生。譬如，一颗扁豆种子的心中，蕴含的倔强。譬如，一个女人的柔弱里，迸发的力量。

有木名凌霄

我对凌霄花最初的印象并不好，是因为女诗人舒婷的诗句："我如果爱你，绝不像攀援的凌霄花，借你的高枝炫耀自己。"诗里的凌霄花，既虚荣又自私，不讨人喜。虽然彼时，我连凌霄花的面都没见过，完全的道听途说。

这让我想起一段往事来。那时，我新婚不久，搬到他单位的宿舍住。单位小，不过七八个人，关起大院，就是一家子。他们的领导，那时已年近五十，爱人在另一个镇，一直分居两地。一天，领导突然宣布，他爱人要调过来了。这在单位里引起"恐慌"，大家纷纷传言，说那女人的厉害——管男人厉害，与人相处厉害，总之是很厉害的。搞得我的心七上八下，与如此一个母老虎做邻居，哪有安宁的日子好过？

女人到底来了，高高胖胖的。因为我们先入为主了，她虽长得平和，在我们眼里，也是一副凶相。听她说话和做事，也都好像透着盛气凌人的架势。故我们远远避着她，她来了半个多月，我跟她的对话，绝对不会超过十句。某天，下雨，我晚归，记起晒在院前的被子，心里懊恼着，一定被雨淋透了。我刚到院门口，却碰到她，她轻描淡写地对我说："我帮你把被子收回家了。"

后来，我有了小孩，小孩常蹒跚着去敲她家的门。她总是翻找出好吃的好玩的给小孩，逗引得孩子一看见她就欢叫奶奶。她原来，是个极和气的人。可见得，道听途说常是不可信的。

还是回到凌霄花上来。第一次真正遇见它，是在我所在的中学校园里。那天天暗得很，一场大雨欲来的样子，我在不常去的一间教室里监考。偶尔往窗外一探头，看到教室后有一树的橙黄，花惊天动地开着，像燃烧着的灯笼似的，把我的眼睛，连同灰暗的天，照得明艳无比。心里疑惑着："这什么花呢？"监考完了，我立马跑过去，同事告诉我："凌霄花啊。"

当下愣在那树花下，原来，凌霄花是这么的卓尔不群！它们一朵一朵，亲密无间地挤在一起，笑得无芥无蒂，光华灿烂，把一棵普通的榆树，打扮得如同出嫁的新娘。它哪里是借高枝炫耀自己，它分明是毫无保留地，捧出一颗热情的心，给天，给地，给你。诗人的话，原也是不可信的。

渐渐地，见多了这样的花。我上班的路上，人家的院墙上，就攀爬着一株。这么些年了，它一直在那里。我看着它开花，花从八九月，可以开到深秋。一夜秋风扫落叶，它的叶，也日渐稀落。却在那稀落的叶间，还有一朵两朵橙黄的小花，顽强地开着。让人的心，莫名地感动。

春天，别的植物都欣欣向荣了，它还在沉睡。白褐色的枝条，裸露在春光里，让人担心着它是不是死了。却于某天，惊异地发现，它裸露的枝条上，抽出了嫩叶。心中的欢喜就那样荡开来，呆呆站着看许久，而后，满意地走开。我知道，用不了多久，它就会绿叶婆娑。再不多久，它会打苞开花，又将是一墙头的笑盈盈。

合欢

六月天，我去山东高唐，随一行人到当地景点“柴府”小游。小径之上，忽与一树花撞上，绿叶蓬勃间，有粉色羽毛攒成的小扇子，轻歌曼舞——那是一团一团的花。红得浅浅的，却又艳得很。我问身边同行的作家原野：“知这是什么花吗？”原野抬头，认真打量，眼神里露出孩童的好奇，问：“什么花？”我笑了，告诉他：“合欢啊。”

这么说时，我的心里欢喜得很。说它，就像在说一个熟稔的知己，是恨不得全世界都要知道它的。

“认识”它，好些年了吧。那时，还年少，突然在一篇文章里与它相遇。彼时，它正开在一幅被面上，大团的花好月圆。在我，便如被石化般地发了痴。合欢，合欢，多么的欢快和乐！是小女孩笑露出一排洁白的牙，被父母呵护在怀里；是小羊羔蹒跚着走路，阳光梳理着它的毛发，闪闪发光；是俗世的屋檐下，一家人团团围坐，桌上的菜肴，冒出香香的热气。——我展开无数的想象，想它是纯白的，丰美的，如莲，或如百合。

后来，再长大些，读到纳兰性德的“不见合欢花，空倚相思树”之句，又发了一回呆。仿佛瞭见满树的合欢，被风簌簌吹落。人再见，已是空留满枝绿痕，徒增忧伤——它原是染了相思的。

这之后，我也只在别人的文字里，偶尔一瞥它的影子。大抵都是盛放喜悦的。我就那么看着，跟着喜悦一下，以为它隔得远远的，是属于遥远的他方的，我再不曾想过它的样子。

就这么过去了很多年，我也早走过青春年少。一天，我在我居住的小城，偶然看到一树的花，像用粉色的绒毛织出来的，红晕轻点，秀气得让人心里也长出绒毛来。我当即在树下傻掉了，我确信我之前从没见过它。遍寻许多人，都摇头说不知它是什么花。最后，我拍了照，上网求证，立即有人在后面留言，轻浅的两个字：合欢。

那一刻，我只听到心“咚”地一下，疼疼地弹跳起来。青春年少的那匹马，“嗒”“嗒”“嗒”走过我那么多寂静的岁月。原来，它就是合欢。原来，它就是！我想起一句话来，世上最遥远的距离，就是我一直守在你的跟前，而你却不知道。

再见它，就寻常着了，城里几乎处处都有它的影子，从六月天，能开到八九月。傻傻地开，珍惜着开，绿叶相衬，花像一朵一朵粉红的云，浮在叶上面。凑近了闻，隐约的香，香得内敛而节制。

有时树下走着人。有时只有清风拂过。花只管开着，开着，总是无限欢喜的样子。每回见到，我都有欲落泪的冲动。我想，花心当如人心，只要心中有晴天，便日日晴着。

看荷

一到夏天，我就急不可耐吵那人，看荷去，看荷去。

公园里，原先有的。一方小水域里，植了百十株。每逢夏至，那片池，成了荷的天下，碧绿的叶，红粉的花，舞尽风情。

后来，荷却不见了，连一片叶子也瞧不见了。原先长荷的地方，泊着孩子们玩的小汽艇。盛夏里走过那里，一池的水在寂静。我以为，它在怀念荷。

去别处看看吧。听人说，某单位有。大院子中央，水泥浇筑的小池子里，栽了十来株，花开也婷婷。寻去，极负责的门卫阻拦，看着我问：“干什么呢？”我语急，慌不择词：“找人。”

“找谁？”他不依不饶。

答不出，只好实话实说：“我想进去看荷。”

“看荷？”门卫狐疑地打量我，他肯定从没遇到过，以这样的理由，堂而皇之想进他们单位的。他没有放行。

我从铁栅栏外，遥瞥见一抹红，我猜，是荷吧。心里念着，荷，我来看过你了。想起画家张大千的话来：“赏荷，画荷，一辈子都不会厌倦！”荷担当得起这样的喜欢。

那人驱车带我去邻近的兴化市，我终得以与荷重逢。公路两侧，乡野广阔，小小的水塘，大大的水塘，里面散落荷无数。雨后清凉，花打落不少，却有圆圆的叶，很随意地铺在水面上。每片叶上，都汪着一捧的晶莹，是一颗大大的心。诗人杨万里形容得好：“却是池荷跳雨，散了真珠还聚。聚作水银窝，泻清波。”果真的泻清波啊！

附近劳作的农人，伸手遥指远处一丛芦苇，笑着告诉我们：“那后面还有更多的藕呢，藕花开得也多。”他不说荷，他说藕，这等叫法，有骨子里的亲近。他才是真正亲荷的人。

农人慷慨地要借了小船给我们，让我们划过去看。我们谢绝了他的好意。还是不打扰荷的清静吧，就这样站在水塘边，看着也好。天空高远，大地澄清，荷们独自舞蹈。花多以白色为主，凝脂一般的。间或有一点两点的红，俏立在青绿细高的茎上，红唇微启，是花骨朵儿。最有看头的，还数那些圆润的荷叶，它们是水面上盛开的绿的花朵。

问农人：“每年都长吗？”农人答：“每年都长呢，我们这里水多，盛产藕。”听了，由衷高兴，这是荷的幸运，也是农人的幸运。如此，年年相会。

想起我在念中学的时候，有女同学家在小镇附近，家里种了成亩成亩的荷。她是这样相邀的，去我家吃藕啊。花开时节，站她家田埂旁，张眼望去，满田碧绿的底子上，跳出一朵一朵的雪白和粉红，美得惊天动地。她不在意，她的父母不在意，他们采藕，清炒了吃，煨了汤吃，包了饼子吃。甚至，生吃。清水里洗一下，拿刀刮刮，一口咬下去，脆香。那里面附着荷花的魂呢。

好多年了，那个女生的姓名，我早已忘了。可是她的样子，却清晰地记得：胖胖的，有着藕一样雪白的肌肤，她的身后，荷花遍地。

蒲

我们叫它，蒲。

蒲，蒲呀，我们这样轻轻唤。像唤自家的小姐妹。

蒲是跟苦艾长在一起的。有水的地方，几乎都能瞥见它的身影，绿身子，绿手臂，绿头发，在清风里兀自舒展，翛翛复翛翛。

它是从哪一天开始进入我们小孩的视野的？实在说不清。它跟乡下的许多植物一样，存在得那么天经地义合情合理。我们熟稔它，也是那么天经地义合情合理。就像河里本来就有鱼，空中本来就有飞鸟。它生来，就是村庄的一部分。端午节，家里大人一声令下，去采些蒲和苦艾回来。我们领旨般地，撒了欢地直奔它而去。都知道，它在哪块水塘里长得最茂盛呢。

这是一年一年承传下来的风俗，过端午，家家门上必插上蒲与苦艾。也在蚊帐里悬挂。也在家什柜上摆着。节日的气氛，被渲染得浓烈又隆重。

苦艾味苦，苦到骨头里，是愁眉苦脸的一个人哪，终年看不见他的笑。我们采一把苦艾，手上的苦味，搓洗很久，也去不掉。我们不爱。蒲却清清爽爽的，是喜眉喜眼的女儿家，又憨厚，又天真。它在水边端然坐，青罗裙带，长发飘拂，碧水缭绕，那方水域，也都染着淡香。我们拿它绿绿的枝叶缠辫梢，每一丝头发，都变得好闻。

夏天，它抽出一枝一枝橙黄的穗，像棍子一样的，我们叫它蒲棍。采了它，晚上点燃了熏蚊子，屋子里也就散发出好闻的蒲香味，像撒了一层薄薄的香料。我们也举着它，当灯，去草丛里捉蟋蟀、捉蚂蚱。

家里也总有几样物件，与它关联着，像蒲扇。它比不得芭蕉扇，又大又笨，扇出的风也大。蒲扇是轻的、软的，它轻摇慢拢，不疾不徐，永远是那么的好脾气，适合温顺的女人和孩子用。乡下的孩子，人人都有一把自己的小蒲扇的。

还有蒲席、蒲鞋。冬天在床上垫上蒲席，又轻软，又暖和。蒲鞋则是好多贫穷人家，冰天雪地里的暖。那时也只道它寻常，不过是野生野长的野草罢了，并不过分珍惜，也没过分看重，只是日日相见的那个寻常人，在骨子里亲着、爱着，却不自知。

经年之后，我在一些书籍里遇到它，才吃惊起来：原来，它的来历，非同一般。它入得了菜，入得了药，入得了酒，还入得了爱情。它简直就是隐世高人一个。

早在《诗经》里就有：“其蔌维何？维笋及蒲。”盛筵之上，蒲和笋一样，是被当作佳肴摆上桌的。春日初生，它白嫩的根和茎，是鲜蔬中的珍品。

还是在《诗经》里，它闯进一个少女的心扉，成了她辗转反侧的爱恋，“彼泽之陂，有蒲与荷。有美一人，伤如之何”，“彼泽之陂，有蒲与蕑。有美一人，硕大且卷”，“彼泽之陂，有蒲菡萏。有美一人，硕大且俨”。河畔泽地，它与荷在一起，它与兰花在一起，它与莲在一起，是那么的卓尔不群！英俊又健美的少年郎哪，怎不叫人相思！

蒲也被智慧的先民们，用来泡酒。“不效艾符趋习俗，但祈蒲酒话升平”，唐人殷尧藩在过端午时如是祈愿。在那之前，应该早已有了这样的传统，在端午，必喝上几杯蒲酒，祈愿人世安稳太平。有些地方，更是把此酒引到婚宴上，拟出“喜酒浮香蒲酒绿，榴花艳映佩花红”这样的对联，真个是美酒飘香，花美人俏，地久天长。

蒲还是上等的药材，全草入药，曰“香蒲”。它的学名，原就叫香蒲的。花粉亦是入得药的，叫“蒲黄”。果穗茸毛入药，则叫“蒲棒”。带有部分嫩茎的根茎入药，叫“蒲蒻”。这样的药煎熬出来，怕也带着一股子香的。

小城新辟的观光带中，不知是谁的大手笔，竟辟出四五个浅塘，里面长的，全是蒲。阔别它多年，偶然遇见，我的惊喜不言而喻。我不时跑过去看它。它开花，嫩黄浅白。它抽穗，橙黄的一枝枝，像棒槌一样的，昂立，长长的碧叶衬着，实在漂亮。它还有个别名，叫水蜡烛，真正是形象极了。它是替鱼照着光明？还是替莲和菱？还是心中本就生着一枝枝光明？

我每回去，都见有孩子在它边上玩耍。他们攀下一枝枝水蜡烛，在风中快乐地挥舞着。我为他们感到庆幸，有蒲熏着的童年，总有一缕清香在飘拂。

听荷

去听荷吧，选一个月夜。月亮还不那么丰满，它还处在它的童年，像一瓣细小的白菊，飘在天上，朦胧着。这个时候，最好。

荷开得刚刚好，是满塘开着的。月色清浅，满塘的荷，是墨色染成的一朵朵，与田田的叶，融为一体。与青碧的水，融为一体。与整个整个的夜色，融为一体。天空与大地，从没这么亲密过吧，你是我，我也是你。

塘——城里少见了。这口塘因小城大面积搞绿化，策划者中不知是谁拥有一颗诗意的心，在绿化带中，给挖出来的。周围遍植垂柳，塘里养荷。离塘不远的是桃园。再过去一些，是梨园。接着是桂花园、蜡梅园。这里便成了小城绝美的去处，春有桃花梨花，夏有荷花，秋有桂花，冬有蜡梅，季季有花，日日有好。

盛夏里，塘里的荷自然唱了主角，在层层涌现叠起的绿中间，荷一朵一朵，悄然盛开，如一阕阕小令。哪里能瞒得住风的耳朵？十里八里之外，风都能听到荷轻轻绽放的声音。风跑过来，拂过一朵一朵的花，把荷的清香，洒得四下飞溅。人闻到，一个愣神，啊，荷花开了。平淡的日子里，陡添一重欢喜，看荷去吧。

人家院子里有缸，缸里种荷。那荷也是顶守时的，六月的风一吹，它就开始踮起脚，一点一点，从浓密的叶间，探出一张张粉脸，顾盼生姿。荷的主人与人闲话，总似不经意添上一句，我家的荷开了。也引了三朋四友，以赏荷的名义，来家里小酌几杯。俗世的庸常里，就有了几分小雅。

这样看荷，自是热闹的。而月夜听荷，则是另一番情趣。在塘边，随便挑一块草地，坐下。周遭静，纯粹的静。各种声息，浮游上来，像小花猫的脚尖，于午夜时分，轻轻踩过屋上的瓦片。那是露珠滑落的声音，草叶舒展的声音，风在轻喃的声音，虫在欢唱的声音，荷在绽放的声音。满塘墨色的荷的影，你映着我的，我映着你的。你想起古人写，“水面清圆，一一风荷举”，又或是，“满塘素红碧，风起玉珠落”，哪里又能描尽它的风姿？你想用千万个好来夸它，一时又无从说起。

荷在轻轻吐香，你甚至听到它们的心跳。开尽的正在话别，下一场花开再相见。含苞的“啪”一声怒放，花蕊间，盛满思念的味道。待到白天，晴空暖日，人看到一塘的荷，仿佛从未曾少过哪一朵，谁知它们，早已在暗夜里完成了交接。

心中突然涌起感动，满满的。掉头看身边那个人，夜色里看不清他的样子，可是，他的呼吸就在耳边。岁月里还要什么山盟与海誓？能陪你来听这场荷，已经足够了。你伸手提他的手，什么话也不用说。懂的，都懂的。

远远的灯光，辉煌得像满天星斗，那儿，有家。这里，荷与月色尽享安宁，仿佛尘世尽头。而我们，终归要回到那热闹中去，内心却泊着一汪恬淡的水，有墨色的荷，在暗暗喷着香。以后再以后的日子，即便走过了千重山万重水，也一定记得这样一个月夜，我们一起来听荷。

彼岸花

我画了一枝彼岸花。用大红和深红的色彩涂抹，描着描着，手怯。纸上的色彩，太鲜艳了，血一般的。

世上少见这种花，花与叶两不相见。花开，叶在彼岸；叶来，花在彼岸。一点不拖泥带水，决绝得叫人心疼。偏又血脉相连，枝枝蔓蔓上，都是对方的气息。那一个的在，是了然于心的。却注定了今生无缘，来世无分。

这世上，原还有一种情在，未曾相遇，便早已错过。

命运就是这样的蹉跎。是年少时的那个故事，记不得是谁讲的了。或许是我爷爷，或许是我父亲。说是一年轻男人，收听广播时，爱上了广播里的一个声音。每日晚上，那声音会准时响起，先是开场白：各位听众，晚上好。女声，甜美，清脆，如百灵鸟。这声音有时会讲一两个小故事。有时会讲读一两篇小通讯。有时会播报几则时事。不管她讲什么，在年轻男人听来，都是极好的。他爱上了。

他去找她，不得见。给她写信，写了很多。终一天，她回复了，竟是妙龄女郎一个。他真是欢喜啊。他们约好见面。见面那天他早早去，却听说，她突然间犯了事，被送到某地劳改农场劳教去了。他辗转寻到那里，却被告之，她已被遣送至他乡。从此，音信杳无。他一辈子未曾娶妻，只等着那熟悉的声音再次响起。到死，他也没有等到。

故事真是悲，听得年少的心里，忧伤四起。茅屋檐下，彼岸花正不息地开。

那时不识此花。夏雨初歇，水滴花开，花纤弱，花瓣细长卷曲，一瓣一瓣，就那么卷着，红得触目。周遭顿时失色，只那一枝枝红，激荡着。祖母叫它龙爪花。我想不明白，它与龙有什么关联。也只把好奇装在肚子里，看见它，也只远远看着。我们掐桃花，掐大丽花，掐菊花，掐一切看得见的花，却从未曾掐下它来玩——小孩子是特别懂敬畏的，太美的事物里，藏着神圣，亵渎不得。

民间又一说，称它蛇花。

那年，在无锡。惠山上漫走，满山都开着这样的花。石头旁，小径边，或是一堆的杂草丛中。它是当野花开着的，没有一点点骄傲。然独特的气质，即便山野，也遮掩不了。那朵朵的艳红，把一座山，映得水灵而妩媚。喜欢，实在喜欢。我实在忍不住了，掐一枝，拿手上拍照。

旁边走过三五个妇人，是老姐妹相聚着爬山的吧。她们对着我，叽叽咕咕说着什么，神情甚是着急。我听不懂，只能猜，以为她们指责我乱掐花草。于是很是羞愧，手上抓着那朵花，扔也不是，不扔也不是。又想狡辩，啊，它是从岩石下面开出来的一朵，是杂草堆里的，是野花儿。

一中年男人走过，看到我们大眼瞪小眼的样，赶紧帮着翻译。告诉我，她们说，你手上的蛇花是有毒的，赶紧扔了吧。

回家查资料，果然。中医典籍上叫它石蒜，如此记载：红花石蒜鳞茎性温，味辛、苦，有毒，入药有催吐、祛痰、消肿、止痛、解毒之效。但如误食，可能会导致中毒，轻者呕吐、腹泻，重者可能会导致中枢神经系统麻痹，有生命危险。

这让我想起“红颜祸水”之说。君王亡国，也怨了红颜。可是，有谁想过，祸水原不在红颜，而是绊惹她的那些个啊。如这彼岸花，它在它的世界里妖娆，关卿何事？你偏要惹它，只能中了它的蛊——它就是这样的轻侮不得。这骨子里的凛冽，倒让我敬佩了。

它还有个极禅意的名字，叫曼珠沙华。是佛经中描绘的天界之花，说见之者可断离恶业。

染教世界都香

秋风吹了几吹，桂花也就开了。

每年，她都是如此守时。不管你有没有在等，不管你有没有把她放在心上，她都会来，只为赴她自己的约。

她来，是高调着的，霸气着的，是锣鼓齐鸣着的，沸沸扬扬着的。她就是她的小宇宙。

没有人会嫌恶了她的高调。谁会呢！人家的底气在那儿摆着呢，不过一两枝花开，就能“染教世界都香”。

香是香得风也打着转转，醉醺醺不知往哪儿吹。我和那人沿一条河边大道，慢慢走。桂花的香和甜，在身边缠绕不休。我们走到东，她跟到东。我们走到西，她跟到西。我们走到一座桥上去，她竟也跟到桥上去。像个懵懂可爱的孩童，抓一支蘸满香料的笔，逮到什么涂什么，想涂抹出一个她的世界来。你拿她是一丁点儿办法也没有的。也只好纵容着她，宠溺着她，任她爬到你的身上，乱涂乱画。哪一笔里，不是香和甜哪！是初入尘世的天真和好。

夜色被桂花香浸着泡着，越发醇厚。河里偶有船只驶过，呜呜响着。船头的灯，如萤火。我微笑地看着它驶过我的身侧。它是否载了一船的桂花香而去？辛苦的奔波里，拌了这样的花香，也算是慰藉，是奖赏了。

虫鸣声变得轻柔，不知它们躲在哪一棵树的后面。它们喁喁着，很懂事的，生怕惊扰了什么。没到月半，月亮还不是很圆满，却更显得静美。像开到一半的白莲花，浮在靛青色的夜幕上。有人从身边走过，他们携来一阵香风，又携走一阵香风。我和那人，有一句没一句地说着些话。一切都好到不能再好。天地是。万物是。人是。情绪像鼓胀起来的风帆，意气风发，只想破浪劈涛，朝着远方航行去。

这样的时光，真真叫人舍不得。像小时候品尝那难得的一块麦芽糖，或是月饼，小心地捧在掌心里，傻傻地笑着、看着，快乐在心里冒着泡泡，舍不得动口去咬它。怕一下口，就把它给咬没了。

想来小时也就知道，甜美的东西，是要珍惜着的，是要慢慢消化着的。不然，就是莫大的辜负。

那人对着夜空，深深呼吸一口，再深深呼吸一口，叹道，真好啊。

是啊，真好啊。一年有这样一场桂花开，人生里，也就多出许多的不舍来。纵使遇着这样的不顺、那样的艰难，仍有这般的好时光，它不会负你。活着，也便值了！

天香云外飘

校园里植了几棵桂花树，不蓊郁，亦不高大，姿色平平得很，平常日子里，人都不以为意。然一俟进入秋天，树下便常有女孩子围着打转——她们在寻花呢。

我远远看着笑，心里说："傻孩子，桂花哪里要寻，它若盛开，定会追了你纠缠不休。"

真真是纠缠不休啊。某天，鼻子里先是钻进一丝香，一丝甜，香得很桂花，甜得很桂花。正惊疑不定呢，那香，那甜，突然汹涌起来，奔腾起来，一浪一浪涌过来，把鼻子填满。又从鼻孔里钻进嘴里，钻进心里，霸道地攻城略地，所向披靡。

明知是它，还是要向人求证："是桂花开了吗？""可不是，桂花开了。"答的人，也是满心欢喜的——又是一年喜相逢。眼睛四下寻望，脚步却立定未动。对它，根本无须探寻来处，总是一家开花百家香的。你只管张开鼻翼，饱吸。

吸是吸不尽的。哪里能吸得尽呢？清晨，露重，露是它的味道。傍晚，风起，风是它的味道。阳光遍洒，阳光也是它的味道。若是逢上下雨，更是不得了了，每一滴雨里，都浸着它的香它的甜。

这个时候，你的手，最好不要随便乱碰触。它的香，是息在一片草叶上的，它的甜，是逗留在一扇门扉上的。

我居住的楼后，不知哪户人家，也植了桂。秋深时节，浓郁的花香，追了人跑，让你情不自禁被它俘获。你坐下时，花香趴在你的膝上。你站起时，花香停在你的肩上。你吃饭时，花香落在你的碗里。你睡觉时，花香伏在你的枕上。哪里舍得关窗子，由着它们进来，满屋子梭巡。

翻遍书橱，遍寻写它的诗词，唯有宋之问的最得我心："桂子月中落，天香云外飘。"好一个"天香云外飘"！月庭也小，哪里容得下它那颗香的心？且许它四处逍遥去吧，独乐乐不如众乐乐。反倒使大众受了惠，每个生命都能分得一匀它的香。众生平等，岁月静好。

想起早些年读《红楼梦》，对里面的人物夏金桂，大不喜。女人恶到那份儿上，算得歹毒了。偏偏地，她却叫金桂。如今想来，她也只能叫金桂的。可恶之人必有可怜之处，她少时丧父，跟着寡母。后长大嫁人，又诸多不如意，薛蟠那种花心男人，哪有真情可待？曹雪芹给她安上金桂的名，是为怜惜。那大捧的香甜，可以拯救一个人吧？——到底，曹雪芹是心怀慈悲的，在他心里，每一个女儿家，都应该如桂花一样美好。

秋风吹，校园里的桂花也开得盛。爱它的女孩子，在树下四下张望，趁人不备，赶紧攀得一枝，塞衣袖里。突然瞥见我在一边看她，她脸一红，微低了头，唤声：“老师好。”不忍责备，我笑说：“回吧，把它夹书本里，能香一个秋天的。”

何止是一个秋天？它，会染香一颗青春的心，连同，青春的记忆。

人与花心各自香

是在突然间，闻见桂花香的，在微雨的黄昏。

那香味儿，起初若有似无，羞羞怯怯的。正疑心着，驻足四处张望，忽然一阵风来，吸进鼻子的，就是大把大把的香甜了。

有路人自言自语着，呀，桂花开了。一脸兴奋的笑，是乍见之下的惊喜。

心，跟着香香甜甜地一转：真的，桂花开了。那熟稔的香甜味儿，率真，浓烈，让人欢喜。

眼前恍恍惚惚的，有一树花开，细细碎碎的，是一树丹桂，在小院中。皓月当空，花香雾般缥缈。只需一棵树，就染香了一整个村庄。祖母的视线被小院中的桂花树牵着，目光柔和，充满慈祥。她望着窗外的树说，过些日子，给你们做桂花汤圆吃。

我们很快乐。桂花汤圆好吃，一口一个呀，那是穷日子里，我们最奢侈的向往。我们望向窗外，对那一树细密的花儿，充满感激。

夏夜纳凉，天上挂一轮明月。祖母摇着蒲扇，对着月亮，讲月宫里桂花树的故事：有个叫吴刚的仙人，犯了大错，被玉皇大帝罚到月宫里，砍伐桂

花树，他什么时候把桂花树砍掉了，什么时候才能被放出来。可是，那桂花树却奇怪得很，他一斧子下去，桂花树又迅速长出新枝来。他一日不砍，树就疯长得能撑破月亮，吴刚只好日夜不停地在树下砍啊砍。人不能做错事啊，祖母这样叹。祖母是同情吴刚的。而我们，却在小小的心里，暗想着那棵桂花树，它若真的撑破了月亮会怎样呢？那一树的桂花，可以做多少的桂花汤圆吃啊。这样的暗想，蜜甜蜜甜的。

喜欢过一部老电影里的旁白：桂花开了，十里八里都能闻到。故事发生在战争年代，一对毫无血缘关系的孤儿——六岁的男孩、四岁的女孩，被一农妇收养，在种着桂花树的小院里，他们长大，他们相爱。后来，解放了，男孩当了大官的亲生父母找上门来，把男孩接到城里。距离之外，一切似乎都变了，包括男孩女孩青梅竹马的爱情。但有一样却没变，那就是小院里的桂花树，一到秋天，依然捧出一树甜蜜的桂花来，十里八里都能闻到。男孩的梦里都是桂花香啊，他终抵不住思念，被花香牵回到女孩身边。

这是桂花的爱情，爱就爱了，只管把她的浓情蜜意一路洒开来，缕缕不绝，让人欲罢不能，魂牵梦萦。

现在，桂花树不单单乡村有，城里也栽种了。秋天时节，在某条街道上正走着，有桂花香突然撞过来。如果这个时候刚好飘过一场雨，雨不大，是漫不经心飘着的那一种，花香便被濡湿得很有质感，随手一拂，满指皆是。桂花把空气染成了一罐蜜，人泡在其中，也成了一个香甜的人了。

不由自主想起宋代诗人朱淑真写的诗来：“一枝淡贮书窗下，人与花心各自香。”这样的时光，非常的幸福，非常的暖。这样的时光，很容易想起一些人，想念他们的好，怀着感恩的心……

红纱满桂香

这时节，总免不了要对桂花絮叨几句。

它是那么顽皮，又是那么莽撞，如装着满肚子好奇的稚气小童，跌跌绊绊地奔着、跑着，总是趁人不注意，偷袭于人，扰了人的心思。人在花香里愣神。也仅仅是稍一愣神，立即明了，哦，是桂花开了。

香，是它特有的香。无论是在烟雨朦胧的江南，还是在苍翠笼罩的秦岭，那香，是不改一丁点的。万千花木之中你只要轻轻一嗅鼻子，就能轻易地辨认出它来。像熟悉得不能再熟悉的人，纵使久别，你也能在纷繁芜杂中，循着它的气息而去。

嗅，使劲嗅——是恨不得拖住身边走过的每一个人，让他们也闻闻这桂花香的。终有人觉着了不寻常，前行的脚步慢下来，左右巡视，脸上有笑意浮起，似自语，又似对你说，桂花开了呢。

你回他一个笑。陌生的相逢，有时会因这点点花香，濡了心，在一瞬间达成默契。说什么都是多余的，那么，就笑笑吧，都懂的。

这时的桂花，也还是试探式的，枝头上爆出三五朵，像偷跑出门来的孩子，藏了香，这里洒一点儿，那里洒一点儿，它却躲在一边偷偷笑，就看众人的反应了。等大家终于觉悟起来，四处寻觅，欢喜地说：“啊，是桂花啊。”它便再也按捺不住，飞跑出来，就差大着声叫了：“对啊对啊，是我呀，我在这里啊！”一树的花朵，都被它唤醒了。大伙儿争先恐后提着香出来，到处泼。于是乎，角角落落，便都是它的香了。

这之后的大半个秋天，你总能不期然地遇到它。是在露水暗落的晚上，你走着走着，就被浓烈的香牵了脚步。你停下来，任花香围绕着你跳舞。忍不住想，露水用它调制成酒，给谁饮呢？是给秋虫吧。草丛里，秋虫们叫声缠绵，是喝醉了。是给秋风吧。秋风走得东倒西歪，吹起的每一缕里，都喷着香，是喝醉了。是给秋月吧。秋月眯着眼，脸上起了红晕，是喝醉了。你也仿佛醉了，一个晚上，你都异常高兴，看见谁都傻笑，性情温和得不得了。

最妙的，是在微雨中碰到它。这个时候，它化作滴滴香雨，落在你的眉上、发上、肩上，落在你的心里。你静静立着，感受着这份静美。多少年了，生命中走失过多少的人和事，再不相见。唯它，年年如期而至，从不背弃，亦不爽约。你很感动，生命中终有赤诚可信。

朋友心情不好，婚姻遇阻，像一道过不去的坎。你约她出来，于夜色中漫步。也不多说什么，有时，默默的陪伴，便是最好的慰藉。你们绕着街心公园一遍一遍走，突然，步子就乱了，是桂花的香惹乱的。你们上上下下一顿好找，却发现，它就在身边，那些做成矮墙的绿树，原来是被修剪过的桂花树。上面密布着小黄米似的花朵。

你摘一些碎花放朋友掌心，任她握着。回到家后，你接到朋友的电话，她说，手上全是香呢。我会好好的，你放心。

你笑了。你自然放心了，有这样的好香可闻，当是不会轻易浪费生命。突然想起李贺的《大堤曲》来，开首就染着浓郁的桂花香：“妾家住横塘，红纱满桂香。”你实在被诗里女子的俏皮逗乐了，又是顶羡慕她的，多好啊，青春妙龄，明眸皓齿，怀着爱的情意，伫立在秋风中，一袭红衣，满袖都拢着桂花香。

自是花中第一流

这几天晚上，我颇喜欢到一条路边去坐坐。

也是偶然的发现，某天，打那儿过，鼻子里送进来一缕香，浓甜的，缠绵不绝。我知道，是桂花。心里一阵欢喜，每年桂花的盛开，总是鼻子先知道。

我装着这样的欢喜回家。一到晚上，想散步了，脚步不由自主往那条路奔去，我要去相会桂花。

白天的桂花，自然也是香的。但我觉得，有黑夜做底子，那香气，才会格外纯粹，是白天的芜杂所不能比肩的。就像现在，路两边静了，秋虫在哪里的草丛里唧唧，叫得轻柔又温软。绿化带里栽着的树木们，这个时候，不分你高我低了，它们浑然一体，都是一团暗墨的影，亲热的一家子。星稀月朗，黛青色的天幕。辽阔苍茫，好像是为了呼应这样的宁静。桂花们开始轮番登台。我可以想象到它们的样子，一个个撑着金黄的小伞，踮着小脚，鼓着小嘴，使劲地吹着香。或是，挥舞着金黄的衣袖，洒下一片又一片的香。远处人家的房子、灯光，近处的路，路上偶尔走过的行人，还有路旁的花草树木们，都沉没下去，迷醉了一般。桂花的香气浮上来，像水漫过来。天地间，只剩它的香在游走。

张开嘴，轻轻咬上一口，那香，仿佛就钻进嘴里了。这个时候的空气，像米糕，糯软的；又像酒，香醇的。桂花是酿酒的第一高手。想起李清照写的桂花："何须浅碧深红色，自是花中第一流。"莞尔。想来她是极爱桂花的，比别的花要甚。我不独独爱桂花，也爱荷花、菊花、梅花、兰花等等。这世上，总有些好花，让人一见欢喜。如同这世上总有些好人，在支撑着这世界的美好，让人心念转动、眼睛濡湿。

大自然让人恋恋的，是有这些好花在。人世间让人恋恋的，是有那些好人在。

就这样坐着，一个人，坐到双肩渐湿，夜露降了。露蘸着桂花的香桂花的甜，露便也是香的，便也是甜的。那么，我是扛着一肩的香和甜了。这么想着，我又笑了。也不知是哪里栽着的桂花树，我不去找，那根本不关紧，我只要闻着它的香。我来，它在。我不来，它也在，这就很好了。年轻时做过那样的傻事，喜欢的花，总想办法连枝剪下，插到家里的花瓶里，独自欣赏，以为那是爱它。等走过青春的浮躁、虚荣和执拗，岁月慢慢沉淀下来，渐渐明白了，占有未必就是拥有。有时，还不如放手，让它归于自然，各有各的路好走。

突然想起看过的一款美食，叫法直白得很，叫桂花藕粉羹。白瓷碗装着，琥珀色的藕粉羹之上，点缀着一小撮金黄的桂花。乍见之下，欢喜得很，金黄配了琥珀色，真是极尽温婉，想着入口一定极香甜柔滑，暖心又暖胃。很想尝试一下了。在这个星稀月朗的晚上，做上一碗桂花藕粉羹，慢慢喝下，当是件十分幸福的事。

我愿意把我生命的三分之一匀出来，交给光阴，只为听听风吹，看看花开。只为在这样的黄昏底下，携一袖清风，看看云的演出。

光阴如绣，蔓草生香

菊事

去冬，我把一盆开过花的菊，随手丢弃在屋旁，连同装它的瓦盆。

屋旁有巴掌大的空地，没人理它，它便自作主张地在里面长婆婆纳，长狗尾巴草，长车前子，长蒲公英，还长荠菜。我挑过一回荠菜，满像那回事的，把一份野趣挑进篮子里。后来，这一小撮荠菜，被我切碎了，烙进糯米饼里。饼烙得点点金黄，配了糯米的糯白，配了荠菜的嫩绿，不用吃，光看看，就很享受了。咬一口，鲜透牙。很是感动了一回，有泥土的地方，总会生长着我的故乡。

现在，这块地里，多出一大丛的菊来。是被我丢弃的那一盆。谁想到呢，它的花萎了，叶萎了，心竟是活的。它搂着这颗心，落地生根，不声不响地，勤勤勉勉地生长。最终，它不单自己活了下来，还子孙满堂的样子。——去冬不过一小瓦盆的花，今秋已繁衍成一大丛了。它让我想到柳暗花明，想到天无绝人之路，想到苦尽甘来，只要心没有死，总有出头之日的。

风一场，雨一场，秋季翻过，已是冬了，它还没开够，朵朵灿烂。满世界的萧条，唯它，一簇新亮，是李商隐诗里的“融融冶冶黄”，是童年乡下屋檐下的那抹明黄，打老远就看得见。路过的人，有的站着远远瞅。有的看不过瘾，走近了细细瞧。一律的惊叹，好漂亮的花！它倒是沉得住气，面对众人的赞赏，不动声色、不慌不忙地，只管把好颜色往外掏。一瓣金黄，再一瓣，还是金黄。如历尽世事的女子，参透人生无常，倒让自己有了一份坚守，那就是，守住自己，守住心。所以，冷落也好，繁华亦罢，它都能安然相待，不急不躁。

孤寡老人程爹，在小区的小径旁长菊。小径旁的空地，原是狭长的一小块，小区人家装修房子，把一些碎砖碎玻璃倒在里面。路过的人都小心不去碰触，以免被玻璃划伤了。连调皮的小猫，也绕着那块地走。老人清理掉碎砖碎玻璃，在里面长青菜和菊。几棵青菜，几朵菊花。再几棵青菜，几朵菊花。绿配紫，绿配红，绿配白，绿配黄，小块的地，让人看过去，竟有花园般的感觉。

这些天，老人除了吃饭睡觉，几乎都围着他的菊在转。我上班时看见他，下班时还看见他，背着双手，很有成就感地在小径上漫步，来来回回。一旁，他的菊，如同被惯坏的孩子，正满地打着滚，撒泼似的，把些紫的、红的、白的、黄的颜色，泼洒得四处飞溅。哪朵，都是硕大丰腴的，都上得了美人头。

天冷，菊越发的艳丽，直艳到人的心里去。小区的人，每日里行色匆匆，虽是久住，彼此却毫不关己地陌生着。而今，因了这些菊，一个个舒缓了脚步，脸上僵硬的线条，渐渐柔软起来。话搭话地闲聊几句，说着花真好看之类的。或者不聊，仅仅站着，看一眼菊，相互笑笑，自有一份亲切，入了心头。再遇见，便是老相识了。清寒疏离的日子，因菊，变得脉脉温情。

【真题链接】

1. 本文围绕着菊写了几件事？请简要概括。

2. 品味语言，回答下面的问题。

（1）结合语境，谈谈你对句子中加点词的理解。

因了这些菊，一个个舒缓了脚步，脸上僵硬的线条，渐渐柔软起来。

（2）从修辞角度，赏析第④自然段画线句的妙处。

它倒是沉得住气，面对众人的赞赏，不动声色、不慌不忙地，只管把好颜色往外掏。

3. 文章第②自然段写屋旁巴掌大的空地有什么作用？请简要分析。

4. 通读全文，联系生活实际，谈谈作者笔下的菊给了你哪些启示。

佳句摘抄

★一瓣金黄，再一瓣，还是金黄。如历尽世事的女子，参透人生无常，倒让自己有了一份坚守，那就是，守住自己，守住心。所以，冷落也好，繁华亦罢，它都能安然相待，不急不躁。

★天冷，菊越发得艳丽，直艳到人的心里去。小区的人，每日里行色匆匆，虽是久住，彼此却毫不关己地陌生着。而今，因了这些菊，一个个舒缓了脚步，脸上僵硬的线条，渐渐柔软起来。话搭话地闲聊几句，说着花真好看之类的。或者不聊，仅仅站着，看一眼菊，相互笑笑，自有一份亲切，入了心头。再遇见，便是老相识了。清寒疏离的日子，因菊，变得脉脉温情。

【阅读有道】

长辞短句总相宜

阅读散文，不可不关注句式。

长句节奏较慢，情绪不够明快，因此散文家多针对情境，化长为短。丁立梅老师尤擅此道。《菊事》中“风一场，雨一场，秋季翻过，已是冬了，它还没开够，朵朵灿烂”，短句缀连，整齐划一，又富有变化。曾有云：“三字句活血，四字句养颜。”这样的文字，贴切自然，宛若天成。

那么，如何化长为短？

首先，自然是巧用标点。丁老师有文《孩子和秋风》，“我”听了孩子的话，抬头看被秋风剪过的树，“那上面，果真的，爬满阳光啊”。两个逗号，既写出了看的过程，又表达了作者看到树上爬满阳光时的欢快愉悦。

此外，还依赖语序的灵活调整。既短了句子，快了节奏，又增强了语言的描写功能。如丁老师有《每一颗种子，都有它自己的奇迹》[①]一文，“小草从未让我失望，它每天都会抽出一些新叶来，小指甲那么大。绿，绿得翠翠的，透透的。”其实，关于形状、色泽的描写都可以成为新叶的修饰语，但句式会冗长拖沓，表达效果也会大打折扣。

还有类似于马雅可夫斯基创作的阶梯式诗，如丁老师《捡拾幸福》[②]中的花“白，或红，大团的，或大朵的，总是不知疲倦地开”，单字、二字、三字、四字，由少及多，不就是一个阶梯？

苏轼说西湖“淡妆浓抹总相宜”，散文创作，是不是也“长辞短句总相宜”？阅读散文，关注句式，可以更好地欣赏语言、理解作者的思想感情。

①②两篇见《丁立梅的阅读课Ⅱ：让梦想拐个弯》。

菊有黄花

一场秋雨，再紧着几场秋风，菊开了。

菊在篱笆外开，这是最大众最经典的一种开法。历来入得诗的菊，都是以这般姿势开着的。一大丛一大丛的。

倚着篱笆，是篱笆家养的女儿，娇俏的，又是淡定的。有过日子的逍遥。（　　）代陶渊明随口吟出“采菊东篱下”，几乎成了菊的名片。以至后来的人们，一看到篱笆，就想到菊。陶渊明大概不会想到，他能被人千秋万代地记住，很大程度上，得益于他家篱笆外的那一丛菊。菊不朽，他不朽。

我所熟悉的菊，却不在篱笆外，它在河畔，沟边，田埂旁。它有个算不得名字的名字：野菊花。像过去人家小脚的妻，没名没姓，只跟着丈夫，被人称作吴氏、张氏。天地洞开，广阔无边，野菊花们开得随意又随性。小朵的，清秀，不施粉黛。却红的黄的，白的紫的，万众一心地盛开着。是一群闹嚷嚷的小丫头，挤着挨着，小脸张开，兴奋着，欣喜着，对世界，有初相见的懵懂和憧憬。

乡人见多了这样的花，不以为意。他们在秋天的原野上收获，播种，埋下来年的期盼。菊花兀自开放，兀自欢笑，与乡人各不相扰。蓝天白云，天地绵亘。小孩子们却无法视而不见，他们都有颗菊花的心，天真烂漫。他们与菊亲密，采了它，到处乱插。

那时，家里土墙上贴一张仕女图，有女子云鬓高耸，上面横七竖八插满菊，衣袂上，亦沾着菊，极美。掐了一捧野菊花回家的姐姐，突发奇想帮我梳头，照着墙上仕女的样子。我顶着满头的菊跑出去，惹得村人围观。看，这丫头，这丫头！他们手指我的头，笑着啧啧叹。

现在想想，那样放纵地挥霍美，也只在那样的年纪，最有资格。

人家的屋檐下，也长菊。盛开时，一丛鹅黄，另一丛还是鹅黄。老人们摘了它们晒，做菊花枕。我家里曾有过一只这样的枕头，父亲枕着。父亲有偏头痛，枕了它能安睡。我在暗地里羡慕过，决心给自己也做一个那样的枕头。然而来年菊花开时，却贪玩，忘掉这事。年少时，总是少有耐性的，于不知不觉中，遗失掉许多好光阴。

周日逛街，秋风已凉，街道上落满梧桐叶，路边却一片绚烂。是菊花，摆在那里卖。泥盆子装着，一只盆子里只开一两朵花，花开得肥肥的，一副丰衣足食的模样。颜色也多，千娇百媚。却还是喜欢黄色。《礼记》中有“季秋之月，……鞠（菊）有黄花”的记载。可见得，菊花最地道的颜色，是黄色。

我买了一盆，黄的花瓣，黄的蕊，极尽温暖，会焐暖一个秋天的记忆和寒冷。

【真题链接】

1. 整体感知全文，概述作者围绕“菊”写了“我”的哪些活动？

2. 文章第③自然段的括号里应填（　　）代的陶渊明，他是（　　）诗派的代表人物，“采菊东篱下”后面应接的诗句是“________”。

3. 文中第④自然段画线的句子形象生动，富有表现力，请进行具体赏析。

4. 文章的结尾含义深刻，你是怎样理解的？请结合全文简答。

佳句摘抄

★天地洞开，广阔无边，野菊花们开得随意又随性。小朵的，清秀，不施粉黛。却红的黄的，白的紫的，万众一心地盛开着。是一群闹嚷嚷的小丫头，挤着挨着，小脸张开，兴奋着，欣喜着，对世界，有初相见的懵懂和憧憬。

★菊花兀自开放，兀自欢笑，与乡人各不相扰。蓝天白云，天地绵亘。小孩子们却无法视而不见，他们都有颗菊花的心，天真烂漫。他们与菊亲密，采了它，到处乱插。

【阅读有道】

慢下来，会更好

或有人问：金丝楠木为什么比普通的木材更昂贵？

我答曰，金丝楠木长得很慢，常言说“十年树木”，这话对金丝楠木绝不适用，得用“百年树木”。

有时，慢下来，会更好。阅读也是。

为了快速获得信息，我们经常在阅读时一目十行，或者跳读，这都无可非议。不过这样读过之后，所获是甚少的。怎么感受作者的语言之美？理解作者所表达的情感？怎么“吸收”文章的精华？

不妨读出声音来，尤其是在文章的绝佳处。

朗读，可以放慢阅读的节奏，增加思考的时间，更好地感受语言之美、情感之美、哲思之美。

丁立梅老师有很多篇目适合朗读。比如，《菊有黄花》中“天地洞开，广阔无边，野菊花们开得随意又随性。小朵的，清秀，不施粉黛。却红的黄的，白的紫的，万众一心地盛开着。是一群闹嚷嚷的小丫头，挤着挨着，小脸张开，兴奋着，欣喜着，对世界，有初相见的懵懂与憧憬”。

这段文字以短句为主，三字句、四字句、五字句，节奏明快；同时不着痕迹地运用拟人的修辞手法；在词语运用上，既有描绘性质的形容词，又有陌生化表达的词类活用。如果只是简单“看过”，就难以体会野菊花小丫头般的活泼闹腾和作者的欢悦怜爱。

放开声音，去读，去揣摩，去品味。阅读着，朗读着，阅读就会成为享受，就会有效、高效。

【经典赏析】

光阴如绣，蔓草生香

一

买来的生姜，忘了吃它，它兀自在塑料袋子里，长出芽来。哦，不，不对，那不是芽了，它有枝有叶，绿意盈盈，简直就是一株植物的模样了。

我把它移到花盆里，对它说，亲爱的姜，你长吧，按你自己的心意，长成你想要的样子。

我听见它的欢笑。是的，生命中，能按自己的心意生长，是件多么愉快的事！

同样这样长着的，还有红薯。还有绿豆。还有葱。

亦是忘了吃它们。它们就悄悄地退到一边，发芽，抽茎，长叶，端出一捧的绿来给我看。

时光大度而宽容，足够一个小生命，编织出属于它自己的梦。

二

早起，去看昨天开着的那朵扶桑。只一朵红，缀在我的窗台上，明艳得像红唇。楼下走过的人，抬头，都能看得见。

他们问，什么花啊？那么红！

我欢喜地答，扶桑啊。

现在，它已萎了。

生命的灿烂也只是一日工夫。但我知道，灿烂不在时间的长短。我已记住了它的模样。昨天的风也记住了。云也记住了。鸟也记住了。

昨天的云，落满窗。一只鸟儿，停在我的花旁，啁啾了大半天。

三

紫薇的花开得茂盛极了。

小城的路边都是，或红或紫，或蓝或白。一撮一撮，拼尽颜色，不藏不掖，有着傻傻的热情。看着它们，本是清素的心，也变得灼热起来，想笑，想爱，想对这个世界好。

还有木芙蓉和木槿，也是赶着趟儿地开。

还有合欢。已是秋了，它们居然还在开着花，柔情不减。

我在合欢树下走。我踮着脚，朝它们的花朵伸出鼻子去。旁边有人不解，看我。我说，香。那人也把鼻子凑过去，脸上有了笑意。

合欢的香，是小儿女的体香，那种淡淡的甜。让人的心发软。

还有一种树的叶子也极好闻，像薄荷。我每每走过它身边，都会去摘上两片叶子，放口袋里。

四

喜欢在黄昏时，出门去。

这个时候，万物都着上了温柔色，无一不是好的。

天上的云，开始手忙脚乱地换装，在太阳离去，夜幕降临前，它们总要来一场大型演出。赤橙黄绿青蓝紫——云的演出服，可真是多得数不清。

换好装的云，疯跑起来。不过眨眼工夫，它们就都汇聚到天边。天边的色彩变得繁复起来，斑驳得如同堆满了油画。又是奢华的、变幻莫测的。云的舞姿，实在太出神入化，曼妙得叫夕阳都融化了。

人不知道，他是多么有福分，每天都能欣赏到这样一场隆重的演出，且是免费的！人总是急急地往前赶，往前赶，硬生生错过了多少这样绚烂的黄昏。

我不急。我遇见了，必停下脚步，把它们看个够。

生命中的遇见，如此有限，这个黄昏走了，也便永远走了，不可再相见。然浮世的追逐，却是无限的，得失名利，哪有尽头？用有限，去换无限，那是顶不划算的事。我不愿意。

我愿意把我生命的三分之一匀出来，交给光阴，只为听听风吹，看看花开。只为在这样的黄昏底下，携一袖清风，看看云的演出。

五

想在白云朵上种点什么。

那真是一朵一朵的白云朵，它们一个挨着一个，随意而又散漫地席蓝天而坐。像丰收过后，晒场上蹲着的棉花朵。又像小时的我们，托着下巴，在田埂上坐着，等着谁给讲故事。

谁给它们讲故事呢？又会讲一个怎样的故事呢？

——我多想知道。

是不是关于小花和小蚂蚁的？是不是关于青草和羊群的？是不是关于溪水和小鱼的？

我想在那白云朵上，种上草。嫩绿的、翠绿的、青绿的、碧绿的草，配上这样的白，多么相称。风撑着青草的长篙，以云为舟，自由来去。真个是光阴如绣，蔓草生香。

鸟窝·菊花

有两样东西，无论在什么地方看见，我的心里总会腾起细波来，碎碎的。似轻风拂过，每道褶皱里都是柔软与温情。这两样东西，一是鸟窝，一是菊花。

鸟窝筑在高高的树上，树是刺槐树，和苦楝树。乡村里家家房前屋后，都有几棵几人合抱才抱得过来的刺槐和苦楝，也不知它们到底生长了多少年，它们应该比村庄还要老。春生家的白眉毛老爷爷说，他小时候，就在这样的树上掏鸟窝的。

鸟窝都是喜鹊们筑的。乡村多喜鹊，在人家房屋顶上喳喳喳叫，在田野上空喳喳喳叫。这种鸟，天生的憨厚，只要一扯开嗓子，就欢快得很，仿佛从不知忧愁。它们筑的窝，大的有面盆那么大，托在高高的枝丫上。窝筑得简陋，枯树枝乱七八糟搭在一起。它们是憨夫憨妇过日子，搭了窝棚住，也能将就着，只要每天能看到太阳升起，日子里就有快乐。

天气开始转凉的时候，村庄的鸟儿，都远飞到温暖的他乡去了，只剩麻雀和喜鹊。麻雀四处流浪着，飞到哪儿住哪儿。柴禾里，竹林里，芦苇丛里……得过且过着。只有喜鹊，还守着它们的窝，一板一眼地过着日子。

风一阵紧似一阵，刺槐树上的叶掉了。苦楝树上的叶掉了。直到一个村庄的叶，都掉得差不多了。天空开始变得又高又远，村庄呈苍茫色。光秃的枝丫上，喜鹊的窝有些孤零零的。秋深得很彻底了。

这时，却有另外的艳丽色彩跳出来。那是屋檐下的一丛菊，并不曾留意，它们是什么时候开始生长的。从冒芽，到长叶，到打花苞苞，它们都默默无言地进行着。一朝花开，却映亮了一个庄子。每家的茅草房，都变得黄灿灿。邻家女子，这时节有人来相亲，没有胭脂水粉好打扮，就掐一朵黄菊花，插到发里面。见了人，羞涩地低下头，寻常女子，也有了婉约和动人。

李清照有词，“人比黄花瘦”。词里的黄花，是指菊吗？我却不认同的。菊哪里瘦了？我记忆里的菊，是一大朵一大朵怒放着的，丰腴着的。黄巢的“满城尽带黄金甲”好，把菊的声势给写出来了。当一个村庄的菊花都盛开了时，那真是满村庄尽带黄金甲了。你旅途劳顿，远远归来，望见村庄。这时，跳入你眼帘的，有两样东西，一是高高的树上，蹲着的大大的鸟窝。一是家家门口，捧出的一片金黄。你奔波的劳顿立即消散，你想到家里温暖的灶台，冒着热气的玉米粥，拌了两滴麻油的小菜，还有，倚门守望的人。再大的寒潮，也侵袭不到你了。

有家可归，有人在等，是幸福的。这种幸福的味道，经年之后，还能咂摸出那层浓烈。对故乡的感情，原是深入到骨子里的。

我在另一个秋天，去拜访一个朋友。朋友住在一个小镇上，房前有树，房后也有树。我惊喜地看到，朋友家房前的树上，蹲了两只大大的鸟窝。屋檐下，一丛黄菊花，开得正明艳。我脱口对朋友说，我喜欢你这里，很喜欢。

来年的春天，朋友到我居住的小城，遇到我，我尚未开口，他就说："你放心，那鸟窝还在，那菊花也还在，到秋天，就会开花。"

草的味道

下班，开着电瓶车，路边的草地新割了，散发出浓郁的草香。我有种冲动，想停了车，躺倒在草地上去，在那草香里打上几个滚。

怎么形容这香呢？还真说不好。它不似花香，染了脂粉味。它又不似露珠雨水，带着清凉。对，它似乎有种成熟了的谷物的味道，小麦，或是大豆。再闻，却又不是，它香得那么独特，风霜雨露、日月星辰的精华，全在里头。你不由得张大嘴，大口大口地猛吸，五脏六腑都被它灌得醉醉的，如饮佳酿。你猛然醒悟过来，它就是草香啊，用什么也比不了的。就像一个独特的人，你怎么看，他都与旁人不一样。他有他特有的气质，别人模仿不来。

这是秋冬的草。牛或羊，一整个冬天，都吃着这样的草。牛和羊的身上都是草香。

春天的草，则又是另一种味道。那些嫩绿的，柔弱的，不能碰，一碰就是一汪水啊。它们多像初生婴儿柔软的肌肤，浑身上下，散发出奶香。你走过它们身边时，你的心里，有了怜爱。

怜爱真是一种美好的人类情感。你拥有了这种情感，你会对整个世界，都充满善意。同样的，世界回报给你的，也将是美好和善良。

“青青河畔草，绵绵思远道”，我以为写的也是初春的草。这样的画卷，太容易让人沉溺。春回大地，小草甜蜜的气息，率先扑入人的鼻翼。独坐香闺中的女子，暗自吃了一惊，都春了吗？推开窗户，草色入帘青。屋旁的河畔，早已是蜂蝶纷飞。突然地，她悲上心头，远行的人啊，我等你等到草都绿了，你怎么还没有归？——草最担当得起这样的爱情和思念，自然，纯真，绵绵不绝，直叫人柔肠百结。

草也最是宽容，从不计较个人得失恩怨，你踩它、割它，甚至是放火烧它，它依然生长，散发出特有的清香。雨水越多，它越长得欢。所谓水肥草美，才是大自然最好的盛况。我在呼伦贝尔大草原，见识过这种盛况。

在那里，我跟着一棵草走啊走啊，走到呼伦湖，走到贝尔湖，走到根河去。两个老牧羊女坐在草地上。一旁的牛和羊，在安详地啃着草。草地上开着或白或紫的花，东一朵西一朵的，像淘气的孩子，满地乱滚，无秩无序，却有种散漫的天真。我在草地里走，草生出牙齿来，咬我。咬我的，还有满地乱飞的蚊虫。

她们远远看着我笑，说，你应该穿长裤的呀，这儿的虫子多着呢。她们戴头巾，穿长衫长裤，脚蹬靴子，手握马鞭，坐在草地上，悠闲得像草地上开着的花。她们掐一根草，放在嘴里品咂，告诉我，我们这里的好多草，都是上等的草药呢，能治好多病的。问她们，那你们嘴里的草是啥味道呢？她们一齐笑了，答：就是草味呗，香。

她们说，野玫瑰也是一种草。马齿苋也是一种草。格桑花也是一种草。

春天开花可好看了，红的，粉的，黄的，很大的一朵朵。她们这么说时，唇齿间，散发出草的香气。让我很想去拥抱她们。

我问她们可不可以拍照。她们很乐意，正正衣冠，端庄地对着我的镜头笑，笑得很像两棵草。

我的老家，也生长着众多的草。每次回家，我都会去看看它们。它们的名字，我一个也没有忘记，牛耳朵、苦艾、蒿子、茅、蒲公英、地阴草、一年蓬、乳丁草、婆婆纳……它们各有各的味道，闭起眼睛，我也能闻得出来——故乡的味道，那是烙进一个人的骨骼里的。

我很高兴它们一直在，它们在，我的故乡便在。

满架秋风扁豆花

说不清是从哪天起，我回家，都要从一架扁豆花下过。

扁豆栽在一户人家的院墙边。它们缠缠绕绕地长，你中有我，我中有你。顺了院墙，爬。顺了院墙边的树，爬。顺了树枝，爬，又爬上半空中的电线上去了。电线连着路南和路北的人家，一条人行甬道的上空，就这样被扁豆们，很是诗意地搭了一个绿篷子，上有花朵，一小撮一小撮地开着。

秋渐深，别的花且开且落，扁豆花却且落且开。紫色的小花瓣像蝶翅。无数的蝶翅，在秋风里舞翩跹。欢天喜地。

花落，结荚，扁豆成形。五岁的侄儿，说出的话最是生动，他说那是绿月亮。看着，还真像，是一弯一弯镶了紫色边的绿月亮。我走过时，稍稍抬一抬手，就会够着路旁的那些绿月亮。想着若把它切碎了，清炒一下，和着大米饭蒸，清香会浸到每粒大米的骨头里——这是我小时的记忆。乡村人家不把它当稀奇，煮饭时，想起扁豆来，跑出屋子，在屋前的草垛旁，或是院墙边，随便捋上一把，洗净，搁饭锅里蒸着。饭熟，扁豆也熟了。用大碗装了，放点盐，放点味精，再拌点蒜泥，滴两滴香油，那味道，只一个字：香。打嘴也不丢。

这里的扁豆，却无人采摘，一任它挂着。扁豆的主人大概是把它当风景看的。于扁豆，是福了，它可以不受打扰地自然生长，花开花落。

也终于见到扁豆的主人，一整洁干练的老妇人。下午四点钟左右的光景，太阳跑到楼那边去了，她家小院前，留一片阴。扁豆花却明媚着，天空也明媚着。她坐在院前的扁豆花旁，膝上摊一本书，她用手指点着书，一行一行读，朗朗有声。我看一眼扁豆花，看一眼她，觉得她们是浑然一体的。

此后常见到老妇人，都是那个姿势，在扁豆花旁，认真地在读一页书。视力不好了，她读得极慢。人生至此，终于可以停泊在一架扁豆花旁，与时光握手言欢，从容地过了。暗暗想，真人总是不露相的，这老妇人，说不定也是一高人呢。像郑板桥，曾流落到苏北小镇安丰，居住在大悲庵里，春吃瓢儿菜，秋吃扁豆。人见着，不过一乡间普通农人，谁知他满腹诗才？秋风渐凉，他在他居住的厢房门板上，手书浅刻了一副对联："一庭春雨瓢儿菜，满架秋风扁豆花。"几百年过去了，当年的大悲庵，早已化作尘土。但他那句"满架秋风扁豆花"，却与扁豆同在，一代又一代，不知被多少人在秋风中念起。

大自然的美，是永恒的。

清代学者查学礼也写过扁豆花：“碧水迢迢漾浅沙，几丛修竹野人家。最怜秋满疏篱外，带雨斜开扁豆花。”有人读出凄凉，有人读出寥落，我却读出欢喜。人生秋至，不关紧的，疏篱外，还有扁豆花，在斜风细雨中，满满地开着。

生命不息。

华丽缘

觉得那树真叫华丽，秋的帷幕一经拉开，它就满树挂上了红灯笼，在越来越高远的天空下，光彩照人着。

路旁，它站着，一棵，一棵。春天，它新冒出的嫩叶，不是柔软的绿或嫩黄，而是，带着些绛色的红——这也被我们忽略了，以为那不过是普通的红叶树罢了。夏天，它的叶，走了从俗的路，变绿了，与其他植物浑然一体，这更容易让我们忽略了。虽然，它金色的小花，一簇一簇开了，也还是没有引起我们过多留意。那么细小的花，你挤我攘地团在一起，实在有些乱糟糟的。风吹，金色的小花落了一地。我们走过，望着地上铺得密密的小花，也仅仅是惊讶了一下，这是什么花呀？却根本没打算去相识去相知。路过的风景太多，它也只是寻常。

直到，有那么一天，我骑着单车，慢慢地，从一座桥上下来。桥头的景致，日日相似。桥那头，蹲着一个爆米花的男人，总见他披一件旧的军大衣，头上戴一顶旧军帽。一旁的收音机里，铿铿锵锵的锣鼓声，喧喧嚷嚷——他在听京剧。他的脚跟前，一副铁架支棱着，下有一簇小火，烘烤着上面的黑色小滚筒，滚筒里装着玉米粒。有时，他身边围满人，大家都在等新爆出的玉米花。有时，他身边没人，他就独自摇着那只黑色小滚筒，一边咿咿呀呀跟着收音机里唱，好不自在。每望见他，我的心里，总会腾出说不出的欢喜来，他在，那个桥头，便有了温度。

桥这头，卖鞋垫和小物事的妇人，守着她的鞋垫摊子，用一把拂尘，轻掸着上面的尘。那动作真是优雅至极，她却不知。她只管笑微微地，轻轻掸着，一边拿眼看着路过的人。天地间，大美无言。果真。然后，我的眼睛，就看到了那些“花”，三瓣儿抱成一朵，小红灯笼似的。一朵一朵的又缀在一起，簇拥成个大花球。远观去，绿叶之上，大捧的红花球，夺目得竟不似真的。它们在半空中盛开着，累累的，一树，一树，一直延伸到路的尽头去了。

我当即被它惊得目瞪口呆，它怎么可以，怎么可以如此华丽！这个时候，我尚不知它有个很端庄的名字，叫栾树，又名灯笼树的。我亦不知那些夺目的花朵，其实不是花朵，而是它结的果。果里还藏着另一个乾坤，几粒黑得透亮的种子，躺在里面，形似佛珠。也真有人拿它制作佛珠，故寺院中多栽种此树——这一些，都是我后来询问了很多人，查阅了相关资料才得知的。这期间，它并不因我的不知道，而懈怠一点点，它殷勤地、蓬勃地结着它的果，从浅黄，到金黄，慢慢至微红，再到深红。直至一树一树，都燃烧起来了，在秋日渐深的天空下，绚烂。

它让我想起我教过的那个女学生。那个女孩子家境清寒，父亲在乡下务农，忠厚木讷。母亲是个聋哑人。她本人长相极其普通，穿着简朴，成绩一般，平时寡言少语。这样的女孩子，前途极易被人预测——至多上个三流大学，或者，回乡下去，早早地嫁人，走父亲的路。然最后，她却让所有人大吃一惊，她竟考上了一所知名的美术学院。当有人向她探询考上的经验和秘密时，她淡淡说了句，我已默默练了七年的绘画。

佛说，世上的苦难里，原都藏着珍珠。你能经受住苦难的磨炼，你终将找到，生活赐予你的华美。这就像栾树，在经历了漫长的沉寂之后，它终于，迎来了属于它的华丽。

一枝疏影待人来

一枝疏影待人来，是写梅的，寒梅。

寒冬的天，下过一场雪了吧？应该是。

雪映梅花。梅花照雪。两两相望，都是直往心里去了的。

视觉与味觉在纠缠。白，再也白不过雪。香，再也香不过寒梅。

雪没有什么人要等。

它是无拘无束自由身，想飘到哪里，就飘到哪里。想在哪里落脚，就在哪里落脚。它有本事在一夕之间，让整个世界彻底变了模样，银装素裹，别无杂色，只剩它一统天下——雪是很有能耐闹腾的。

寒梅却静，天性使然。说它是谦谦君子，又不太像，它讷于言，也不敏于行。

作为一棵树，寒梅是早已认命了的吧。被人栽在哪里，哪里就是它的一生之所，它再也挪动不了半步——除非它是南美洲的卷柏。

卷柏是会追着水走的。当卷柏在一个地方待得不耐烦了，觉得土壤再不能给它提供好吃好喝的了，它会拔脚就走。让身体蜷缩成一个圆球，滚呀滚呀，直到滚到它满意的地方为止。卷柏很有点泼皮无赖的样子，你待它再好，它也能一刀斩断情缘，不留恋，不叹息，连稍许的回头，也没有的。

寒梅做不到。寒梅传统得近乎固执，它独守着它的家园，直到老死，直到化成灰，也不会更改一点点。

寒梅心里能做的梦，也只是，在最好的年华，等着你来与它相遇。

它只能等。它的生，就是为了等。

百花肃杀之后，它登场。这是寒梅的小聪慧。要不然又能怎样呢？百花之中，它算不得出色的。貌相实在平淡，牡丹和芍药，荷和秋菊，哪一个不比它张扬。即便是用香来比拼，香到骨子里了，也还有桂花呢。也还有茉莉呢。也还有栀子呢。

天寒地冻里，百花让位，它才是独香一枝，貌压群芳。

这该积蓄多大的勇气啊！为了博你流连，它拼上它的全部了。你惊讶于它的顽强，用冰清玉洁等词来赞美它，你却看不到，它的心也冷成一团的呀。寒气刀子似的，割着它的每一寸肌肤，它竭力装作若无其事，端出一脸的好模样，笑着。开呀，开呀，把心也全给打开来。

且香，且媚。且媚，且香。一生的好年华，原也经不起等的，风一吹，就要谢了呀。

心里真急，亲爱的，你来，你快来呀，你怎么还不来！

世界那么寥廓。花香那么寂静。是深宫女子，待宠幸。

有人说，凡尘里最大的不幸，是相遇之后被辜负。寒梅却说，不，不，是没有相遇，就被遗忘。连梦，也做不得。连回忆，也没有一点点。这才叫残忍。

淡的月光，给它描上象牙白的影。它是二八俏佳人。它等，它等呀等，等你来。有时会等到。有时等不到。生命原本就是一场寂然，这也是没办法的事。

然，可不可以这样理解：它在等你的时候，你其实早已在寻它。“溯游从之，宛在水中央。”你不过走慢了那么一小步，它在它的生命里，已完成了最美的绽放。你眼睁睁错过了，是怎生的后悔莫及，你不想辜负的呀，不想，不想呀。

就像小时，你盼娶新娘，有热闹可看，有喜糖可吃。是那样的喜洋洋，世上的好，仿佛都聚在那一时、那一刻了。偏着你们那里的风俗，娶新娘都在夜里进行。你等了又等，最后实在困得不行，你上床了。临睡前，再三跟大人说，到时记得叫醒我呵。

一觉醒来，天已大亮，人家的热闹早过，门前一地的鞭炮红屑屑。新娘子的红盖头早掀过了，新娘子亦已换上家常的衣裳，客走人散。你跺脚大哭，哭得委屈死了。他们不等你，他们竟然自己就热闹过了。你为此遗憾伤心了好些年。

温暖的苇花

芦苇的花，最不像花，像是用轻软的丝絮絮出来的。

出城，逢到有河的地方，有沟的地方，就能看到它。不是一棵一棵单独生长，要长，就是一片，一群。挤挤挨挨，勾肩搭背，亲亲密密。它是最讲团结精神的。这一点，比人强。人有时喜欢离群索居，喜欢特立独行。所以，人容易孤独，而芦苇不。

风吹，满天地的苇花，齐齐地，朝着一个方向致意。它让我想起“蒹葭苍苍，白露为霜”那样的诗句来，那是极具苍茫寥廓极具凄冷迷离的景象。可是，我眼前的苇花不，一点也不，我看到的，是一团一团的温暖。冬阳下，它像极慈眉善目的老妇人的脸，人世迢迢，历尽沧桑，终归平淡与平静。

我一步一步下到河沿，攀了两枝最茂盛的苇花。一旁的农人经过，看我一眼，笑笑。走不远，复又回过头来看我一眼，笑笑。他一定好笑我的行为，采这个做什么呢！

我是要把它带回家的。家里有花瓶，靛青色的，上面拓印着一片一片肥硕的叶。这是我的一个学生，在江西读书，不远千里给我捎回来的。花瓶太大，没有花能配它。插两枝苇花进去却刚刚好。苇花伸出长长的脖颈，在我的花瓶上方笑，绵软、温柔，一团和气。

来我家的人看到，惊奇一声，这不是芦苇吗！

当然是。寻常的物，换了一个环境，就显出不寻常来。有句话讲，环境造就人。其实，环境也造就物的。

我的老父亲看到，却“哧哧”笑出声来。他说，丫头，亏你想得出。我知道父亲笑什么，老家遍地芦苇，没人拿它当宝贝的。

冬天，农闲。家家要做的事，就是去沟边河边割芦苇，运回家当柴火。一丛一丛的芦苇倒下，苇花受了惊吓，噗噗噗，四下飞散，飞絮满天。农人的头上身上，都沾满苇花。他们把它当尘一样的，随便拍拍，轻描淡写。弯腰，却在小鸟用苇花垒成的窝里，捡到几只还温热着的鸟蛋。他们很高兴地把鸟蛋揣进怀里，哪里顾得上半空中鸟的凄凄鸣叫呢？他们的眼前，晃过家里几个孩子的小脸。请原谅，贫穷年代，那是孩子的美食。

我的祖母用苇花絮过枕头和尿垫。她称苇花茅花。那个时候，天冷得嘎嘎叫啊，我的手冻得裂了口子，还是一条沟一条沟去摘茅花，摘回来给你爸絮枕头，絮尿垫。茅花软乎乎的，我的儿子枕在上面睡在上面就不冷了——祖母每说到这儿就停下来，眼神里波光乍现。她想起她初为人母的幸福时光了，多遥远哪。而我，总会在她的话里，发好一会儿的呆。我转身，看着头发已渐灰白的父亲想，这么老的父亲，也是被他的母亲疼大的。人类之所以能够生生不息，就是因为这样的爱啊，年年复年年。如苇花。

也见过村人用苇花编毛窝的。这是一种草鞋，编出的毛窝，像毛茸茸的小船儿。天寒地冻的天，冻僵的双脚，伸进毛窝里，又轻软，又暖和。人被冻僵的神经，也一下子活络起来。贫穷年代，它默默无闻地，温暖了多少双脚啊！

现在，毛窝已很少见了。今年，我去一个山沟沟游玩，在一间供游人游览的旧作坊里，赫然见到毛窝。它们被染成五颜六色，一双一双穿在一起，挂在墙上，成了艺术品。

才有梅花便不同

趁着天黑，去邻家院子边，折一枝梅回来。这有偷的意思了——我是，实在架不住它的香。

它香得委实撩人。晚饭后散步，隔着老远，它的香就远远追过来，清清甜甜的。像撒娇的小女儿，甜腻腻地缠着你，让你架不住心软。我向东走，它追到东边。我向西走，它追到西边。我向南走，它追到南边。我向北走，它追到北边。黑天里看不见，但我知道它在那里，它就在那里，在邻家的院子里。一棵，只一棵。

白天，我在二楼。西窗口。我的目光稍稍向下倾斜，就可以看到它。邻家的院子，终日里铁栅栏圈着，有些冰冷。有了一树的梅，竟是不一样了。连同邻家那个不苟言笑的男人，他在梅树下进进出出，望上去，竟也有了几分亲切。一树细密的黄花朵，不疾不徐地开着，隔了距离看，像镶了一树的黄宝石。枝枝条条，四下里漫开，它是想把它的欢颜与馨香，送到更远的地方去。一家有花百家香。花比人慷慨，从不吝啬它的香。

梅是大众情人，人见人爱，这在花里面少见。梅的本事，是一般的花学不来的。谁能在冰天雪地里，捧出一颗芬芳的心？谁能在满目衰败与枯黄之中，抖搂出鲜艳？只有梅了。从冬到春，在季节最为苍白最为寂寥的时候，它含苞，它绽放。它是冬天里的安慰，它是春天里的温暖。

喜欢关于梅的一则韵事。相传南朝宋武帝的女儿寿阳公主，某天午睡，独卧于自己寝宫的檐下。旁有一树梅，其时花开正盛。风吹，有花落于公主额上，留下一朵黄色印记，拂之不去。宫人们惊奇地发现，公主因这朵黄色印记，变得更加娇媚动人了。从此，宫人们争相效仿，采得梅花，贴于额前，此为梅花妆——原来，古代女子的对镜贴花黄，竟是与梅花分不开的。

我对着镜子，摘一朵梅，玩笑般地贴在额前。想我的前身，当也是一个女子吧，她摘过梅花吗？她对镜贴过花黄吗？想起前日里，去城南见一个朋友。暖暖的天，暖暖的阳光，空气中，有了春的味道。突然闻到一阵幽香，不用寻，我知道，那是梅了。果真的，街边公园里，有梅一棵，裸露的枝条上，爬满小花朵，它们甜蜜着一张张小脸儿，笑逐颜开。有老妇人，在树旁转，她抬眼，四下里看，趁人不备，折下一枝，笑吟吟地，往怀里兜。她那略带天真的样子，让我微笑起来，人生至老，若还能保持着这样一颗喜爱的心，当是十分可爱且甜蜜的罢。

亦想起北魏的陆凯。那样一个大男人，居然浪漫到把一枝梅花，装在信封里，寄给好朋友范晔，并赋诗一首："折梅逢驿使，寄与陇头人。江南无所有，聊赠一枝春。"他把他的春天，送给了朋友。做这样的人的朋友，实在是件幸运且幸福的事。

我折回的梅，被我插在书房的笔筒里。简陋的笔筒，因了一枝梅，变得活泼起来，俏丽起来。南宋杜耒写梅：“寒夜客来茶当酒，竹炉汤沸火初红。寻常一样窗前月，才有梅花便不同。”诗里不见一字对梅的赞美，却把梅的风骨全写尽了。梅有什么？梅有的，就是这样的与众不同啊！一地清月，满室幽香。那样一个寻常之夜，因窗前一树的梅，诗人的人生，活出了不寻常。

在梅边

赏春，是要从赏梅开始的。

春天的第一张笑脸，是端给梅的。

蜡梅不算，蜡梅是寒冬的客人。“知访寒梅过野塘”，说的是腊梅，又名蜡梅。《本草纲目》里有详解：

蜡梅，释名黄梅花，此物非梅类，因其与梅同时，香又相近，色似蜜蜡，故得此名。

春天认定的梅，是指春梅。

立春之后，我就似乎闻到空气中有梅香了。近些年，小城重视起绿化建设来，移来不少的梅，东一株西一株地栽着。河边有。路边有。公园里有。我居住的小区里也有。两三株红梅，点缀在微微起伏的草地上。陪伴着它们的，还有金桂、紫薇和栾树。

我在七楼上俯瞰下面的草地，看到一星点一星点的红，俏立在瘦瘦的枝头上，如彩笔轻点了那么一两下。那人站我身后，一探头，说，是梅花。我微笑，没吱声。

当然是梅花。

天仍是寒，我也还穿着冬天的衣裳。一不小心，竟惹上感冒了，咳嗽，低热，头微晕——都怨这反复无常的春，忽冷忽热的，也没个准。

如恋爱中的女人，她的心思你猜不透。

春天也在谈一场恋爱的。

一样的曲折迂回，患得患失，傻傻地天真着，也不过是要藏起它那颗想爱的心。然到底是藏不住的，一点一点，被这大自然识破。虫子们醒了。草绿起来。花开起来。它的爱，终要尘埃落定。那时，方得花红柳绿，人间四月天。是大团圆的美满结局。

可我不想等。我说，我想去南京看梅了。

那人不假思索，答应，好。

知我者，莫如他。他知道，每年这时节，我都要去赴一场春天的约会。婚姻一路，他不曾给我带来荣华富贵，却带给我现世的安稳和懂得。这是多少女人终其一生，求之不得的。

今生得他，幸焉。

南京的梅花谷，是梅的天下。

那里几乎汇聚了梅家族所有的亲人。

名字也大多婉转清扬着，比如宫粉。比如美人。比如骨里红。还有胭脂、照水和玉蝶。还有名叫别角晚水的，据说全国独此一株。是红楼中的黛玉吧？曲高和寡，临水照花，她输掉了前世尘缘，却守住了她的心。

晴天，特别特别的晴。天就蓝得很，蓝得像干净的湖，车马喧嚣都落不进一点点。真正是谷里一个世界，谷外一个世界。我赶早了，满谷的梅花，尚未完全开放，一粒一粒的花苞苞，鼓着小嘴儿，缀满枝枝丫丫。像彩色的小珍珠，可穿成手链，戴小女孩的腕上。

我穿过一树又一树梅，实在欢喜。我以为这是极好的，花要半开着，欲拒还迎，又含蓄又矜持，不一览无余，才最有看头。俗世里，一览无余的生活，会让人乏味。你总要留点私密，留点向往，留点期待。没有期待的人生，算什么呢！花亦如此，花也有它的私密。

一群老美人，从我身边风一样刮过去。她们穿红着绿，系花丝巾戴红帽子。我目测了一下，她们的平均年龄应在六十以上了。前面有一人在探路，兴奋地惊叫，快来呀，这里呀，这里呀，这里开了一树啦！

哦，来了来了！她们连声应着，奔了过去。把满山谷的花香，都搅动得荡漾起来。她们是街坊多年？是同学多年？还是同事多年？我在心里猜测着，莫名地感动。人生的路上，能有幸相遇，且一路同行至此，真是莫大的造化。